青天上面，有无数美的人和美的事，

我一一看见，一一知道。

夜是这般沉寂，这般孤独，

在这般微小的夜里，能够寻见了什么呢？

这一夜——苦难的伤心的一夜，我就从不曾微微地合一合眼睛，一直到竹林的背后，透过了一线淡漠的黎明的光亮来时。

只有责己是生路，因为只有自己的努力
最靠得住。

个个兵士头上都顶着一盏萤灯，竹筏连结起来，简直成为一条很长的浮桥。暗洞里又充满了青光，在水面像凌乱的星星浮泛着。

古诗有云，白杨多悲风，萧萧愁杀人。

这萧萧的声音我却是欢喜，在北京所听的风声中要算是最好的。

我所见的故事清楚起来了，美丽，
幽雅，有趣，而且分明。

所谓春风，似乎应当温柔，轻吻着柳枝，微微吹皱了水面，偷偷地传送花香，同情地轻轻掀起禽鸟的羽毛。

不妨淡定过一生

缪崇群等／著

苏陌／编

吉林出版集团股份有限公司
全国百佳图书出版单位

图书在版编目（CIP）数据

不妨淡定过一生 / 缪崇群等著 ; 苏陌编. -- 长春 :
吉林出版集团股份有限公司, 2020.9
（中国名家精品书系）
ISBN 978-7-5581-8620-2

Ⅰ. ①不… Ⅱ. ①缪… ②苏… Ⅲ. ①散文集—中国
—现代 Ⅳ. ①I266

中国版本图书馆CIP数据核字(2020)第111794号

不妨淡定过一生

BUFANG DANDING GUO YISHENG

缪崇群等 著 苏陌 编

策　　划	曹　恒	**责任编辑**	林　丽
执行策划	祖　航　林　丽	**设　　计**	李宏萍
特约编辑	夏　尔		

开　　本	880mm×1230mm　1/32	**出版 / 发行**	吉林出版集团股份有限公司
印　　张	8.5	**地　　址**	吉林省长春市福祉大路 5788 号
字　　数	150千	**邮　　编**	130000
版　　次	2020 年 9 月第 1 版	**邮　　箱**	tuzi8818@126.com
印　　次	2020 年 9 月第 1 次印刷	**电　　话**	0431-81629968

北京洲际印刷有限责任公司　ISBN 978-7-5581-8620-2　**定价** 38.00 元

目录

辑一　所有遇见，皆为惊喜

辑二　过有意思的生活

辑三　不浮躁，不纠结，不焦虑

辑四 世事无常，莫负好时光

辑五　倾城春色，终只是繁华过往

辑一

所有遇见，皆为惊喜

猫

老　舍

>>>

猫的性格实在有些古怪。说它老实吧，它的确有时候很乖。它会找个暖和的地方，成天睡大觉，无忧无虑，什么事也不过问。可是，赶到它决定要出去玩玩，就会出走一天一夜，任凭谁怎么呼唤，它也不肯回来。说它贪玩吧，的确是呀，要不怎么会一天一夜不回家呢？可是，及至它听到点老鼠的响动啊，它又多么尽职，屏息凝神，一连就是几个钟头，非把老鼠等出来不拉倒！

它要是高兴，能比谁都温柔可亲：用身子蹭你的腿，把脖儿伸出来要求给抓痒，或是在你写稿子的时候，跳上桌来，在纸上踩印几朵小梅花。它还会丰富多腔地叫唤，长短不同，粗细各异，变化多端，力避单调。在不叫的时候，它还会咕噜咕噜地给自己解闷。这可都凭它的高兴。它若是不高兴啊，无论谁说多少好话，它一声也不出，连半个小梅花也不肯印在稿纸上！它倔强得很！

是，猫的确是倔强。看吧，大马戏团里什么狮子、老虎、大象、狗熊，甚至于笨驴，都能表演一些玩艺儿，可是谁见过耍猫呢？（昨天才听说：苏联的某马戏团里确有耍猫的，我当然还没亲眼见过。）

这种小动物确是古怪。不管你多么善待它，它也不肯跟着你上街去逛逛。它什么都怕，总想藏起来。可是它又那么勇猛，不要说见着小虫和老鼠，就是遇上蛇也敢斗一斗。它的嘴往往被蜂儿或蝎子螫的肿起来。

赶到猫儿们一讲起恋爱来，那就闹得一条街的人们都不能安睡。它们的叫声是那么尖锐刺耳，使人觉得世界上若是没有猫啊，一定会更平静一些。

可是，及至女猫生下两三个棉花团似的小猫啊，你又不恨它了。它是那么尽责地看护儿女，连上房兜兜风也不肯去了。

郎猫可不那么负责，它丝毫不关心儿女。它或睡大觉，或上房去乱叫，有机会就和邻居们打一架，身上的毛儿滚成了毡，满脸横七竖八都是伤痕，看起来实在不大体面。好在它没有照镜子的习惯，依然昂首阔步，大喊大叫，它匆忙地吃两口东西，就又去挑战开打。有时候，它两天两夜不回家，可是当你以为它可能已经远走高飞了，它却瘸着腿大败而归，直入厨房要东西吃。

过了满月的小猫们真是可爱，腿脚还不甚稳，可是已经学会淘气。妈妈的尾巴，一根鸡毛，都是它们的好玩具，耍上没结没完。一玩起来，它们不知要摔多少跟头，但是跌倒即马上起来，再跑再跌。它们的头撞在门上、桌腿上，和彼此的头上。撞疼了也不哭。

它们的胆子越来越大，逐渐开辟新的游戏场所。它们到院子里来了。院中的花草可遭了殃。它们在花盆里摔跤，抱着花枝打秋千，所过之处，枝折花落。你不肯责打它们，它们是那么生气勃勃、天真可爱呀。可是，你也爱花。这个矛盾就不易处理。

现在，还有新的问题呢：老鼠已差不多都被消灭了，猫还有什么用处呢？而且，猫既吃不着老鼠，就会想办法去偷捉鸡雏或小鸭什么的开开荤。这难道不是问题么？

在我的朋友里颇有些位爱猫的。不知他们注意到这些问题没有？记得二十年前在重庆住着的时候，那里的猫很珍贵，须花钱去买。在当时，那里的老鼠是那么猖狂，小猫反倒须放在笼子里养着，以免被老鼠吃掉。据说，目前在重庆已很不容易见着老鼠。那么，那里的猫呢？是不是已经不放在笼子里，还是根本不养猫了呢？这须打听一下，以备参考。

也记得三十年前，在一艘法国轮船上，我吃过一次猫肉。事前，我并不知道那是什么肉，因为不识法文，看不懂菜单。猫肉并不难吃，虽不甚香美，可也没什么怪味道。是不是该把猫都送往法国轮船上去呢？我很难作出决定。

猫的地位的确降低了，而且发生了些小问题。可是，我并不为猫的命运多担什么心思。想想看吧，要不是灭鼠运动得到了很大的成功，消除了巨害，猫的威风怎会减少了呢？两相比较，灭鼠比爱猫更重要得多，不是吗？我想，世界上总会有那么一天，一切都机械化了，不是连驴马也会有点问题吗？可是，谁能因担忧驴马没有事做而放弃了机械化呢？

珠　　泉

缪崇群

>>>

学校在西北城角外的珠泉街上，就许因为学校里有喷珠泉，所以才把这条街起下这个名字。

在没有来到这里以前，我还没有听见过有这么一种泉名，甚至于到了这里许多日子之后，我才无意中发现了这里有这么一个胜迹。

济南城西的趵突泉，我也没有去看过。据书上说："有泉涌出，高或至数尺。"拿"趵突"这两个字来形容泉水，便可想和"喷珠"是迥乎不同的了。

这泉水正在校本部办公室之前，企鹤楼的下面。泉水被砌石的池子围着，池周环绕着栏杆，正中架着一道拱桥。

对于景物的描写，我是一个最没有办法的低手。现在只好把学生们记叙校景中关于珠泉的文章摘录几条下来：

开门见山的如：池里面的水，会咕噜咕噜向上冒，好像珠子喷出来似的。

略加形容的如：忽续忽断，忽急忽缓；日光映着，大的像珠，小的像矶，连贯不绝。

烘托陪衬的如：水面上铺着一层浮萍，泉从萍底下涌出，萍被泉水做成无数的圈子。

推理抒情的如：似有喷泉，其实不是喷泉，乃是底下的一种气体上升。一年四季，昼夜不停的永远像水那般滚沸着，冒着，永远是那么纯洁，永远是那么活泼聪明，永不退缩。

我最喜欢的一则还是有一个同学他只写了两句，好像已经描摹尽致了。他道："像鱼在池中吐水，轻轻地起了一串泡沫。"

没有见过珠泉是什么样子的人，你们在这里也会听见了珠泉的声息了吧？

可是这声息就常常欺蒙了我。当我深夜从桥头经过，或是一个人静静坐在室内的时候，我总是一下便想起：鱼在喋唼吗？……天在落雨了吗？

其实，什么也不是，沉寂的庭院里，只有松柏的黑影，和黑影间隙的繁星。原来，珠泉在那边切切地似乎在和谁私语着。

殿角檐头挂的那个铁马儿——经过多年风雨，怕已锈了——不时叮当着也仿佛和谁应答似的；可是它，却惊醒了我十年前的旧梦：山寺、黄昏、露台、蜜月、拥抱。幸福像一股泉水，谁也没有想到她的源流是会枯竭的！

我推开了堆在眼前的这一叠子年轻人写下的东西……

——文字毕竟是一种多么贫弱而可怜的符号呀！让自然来和我们对话，或是让我们对自然私语罢。

如果把珠泉的生命赋予我，把星星的亮光分给我，我将永远伴着我的在黑暗中的灵魂，并且和她私语：爱，便是一种永远的信守！即或像一串泡沫，可是她永远纯洁，永远活泼，也永远不会退缩。

春　　风

老　舍

>>>

济南与青岛是多么不相同的地方呢！一个设若比作穿肥袖马褂的老先生，那一个便应当是摩登的少女。可是这两处不无相似之点。拿气候说吧，济南的夏天可以热死人，而青岛是有名的避暑所在；冬天，济南也比青岛冷。但是，两地的春秋颇有点相同。济南到春天多风，青岛也是这样；济南的秋天是长而晴美，青岛亦然。

对于秋天，我不知应爱哪里的：济南的秋是在山上，青岛的是海边。济南是抱在小山里的；到了秋天，小山上的草色在黄绿之间，松是绿的，别的树叶差不多都是红与黄的。

就是那没有树木的山上，也增多了颜色——日影、草色、石层，三者能配合出种种的条纹，种种的影色。配上那光暖的蓝空，我觉到一种舒适安全，只想在山坡上似睡非睡的躺着，躺到永远。青岛的山——虽然怪秀美——不能与海相抗，秋海的波还是春样的绿，可是被清凉的蓝空给开拓出老远，平日看不见的小岛清楚的点在帆外。这远到天边的绿水使我不愿思想而不得不思想；一种无目的的思虑，要思虑而心中反倒空虚了些。济南的秋给我安全之感，青岛的秋引起我甜美的悲哀。我不知应当爱哪个。

所谓春风，似乎应当温柔，轻吻着柳枝，微微吹皱了水面，偷偷地传送花香，同情地轻轻掀起禽鸟的羽毛。可是，济南与青岛的春风都太粗猛，把两地的春都给吹毁了。济南的风每每在丁香海棠开花的时候把天刮黄，什么也看不见，连花都埋在黄暗中；青岛的风少一些沙土，可是狡猾，在已很暖的时节忽然来一阵或一天的冷风，把一切都送回冬天去，棉衣不敢脱，花儿不敢开，海边翻着愁浪。

两地的风有时候整天整夜的刮。春夜的微风送来雁叫，使人似乎多些希望。整夜的大风，门响窗户动，使人不英雄地把头埋在被子里；即使无害，也似乎不应该如此。对于我，特别觉得难堪。我生在北方，听惯了风，可也最怕风。听是听惯了，因为听惯才知道那个难受劲儿。它老使我坐卧不安，心中游游摸摸的，干什么不好，不干什么也不好。它常常打断我的希望：听见风响，我懒得出门，觉得寒冷，心中渺茫。春天仿佛应当有生气，应当有花草，这样的野风几乎是不可原谅的！我倒不是个弱不禁风的人，虽然身体不很足壮。我能受苦，只是受不住风。别种的苦处，多少是在一个地方，多少有个原因，多少可以设法减除；对风是干没办法。总不在一个地方，到处随时使我的脑子晃动，像怒海上的船。它使我说不出为什么苦痛，而且没法子避免。它自由的刮，我死受着苦。我不能和风去讲理或吵架。单单在春天刮这样的风！可是跟谁讲理去呢？苏杭的春天应当没有这不得人心的风吧？我不准知道，而希望如此。好有个地方去“避风”呀！

萤　灯

许地山

>>>

萤是一种小甲虫。它的尾巴会发出青色的冷光，在夏夜的水边闪烁着，很可以启发人们的诗兴。它的别名和种类在中国典籍里有很多，好像耀夜、景天、熠耀、丹良、丹鸟、夜光、照夜、宵烛、挟火、据火、炤燐、夜游女子、蛢、炤等等都是。种类和名目虽然多，我们在说话时只叫它做萤就够了。萤的发光是由于尾部薄皮底下有许多细胞被无数小气管缠绕着。细胞里头含有一种可燃的物质，有些科学家怀疑它是一种油类，当空气通过气管的时候，因氧化作用便发出光耀，不过它的成分是什么和分泌的机关在哪里，生物学家还没有考察出来，只知道那光与灯光不同，因为后者会发热，前者却是冷的。我们对于这种萤光，希望将来可以利用它。萤的脾气是不愿意与日月争光。白天固然不发光，就是月明之夜，它也不大喜欢显出它的本领。

自然的萤光在中国或外国都被利用过，墨西哥海岸的居民从前为防海贼的袭掠，夜时宁愿用萤火也不敢点灯。美洲劳动人民在夜里要通过森林，每每把许多萤虫绑在脚趾上。古巴的妇人在夜会时，常爱用萤来做装饰，或系在衣服上，或做成花样戴在头上。我国晋朝的车胤，因为家贫，买不起灯油，也利用过萤光来读书。古时好奇的人也曾做过一种口袋叫作聚萤囊，把许多萤虫装在囊中，当作玩赏用的灯。不但是人类，连小裁缝鸟也会逮捕萤虫，用湿泥粘住它的翅膀安在巢里，为的是叫那囊状的重巢在夜间有灯。至于扑萤来玩或做买卖的，到处都有。有些地方，像日本，还有萤虫批发所，一到夏天就分发到都市去卖。隋炀帝有一次在景华宫，夜里把好几斛的萤虫同时放出才去游山，萤光照得满山发出很美丽的幽光。

关于萤的故事很多。北美洲人的传说中有些说太古时候有一个美少年住在森林里，因为失恋便化成一只大萤飞上天去，成为现在的北极星。我国从前都以为萤是腐草所变的，其实萤的幼虫是住在水边的，所以池塘的四周在夏夜里常有萤火点缀着。岸边的树影如上点点的微光，我们想想，是多么优美呢！

我们既经知道萤虫那样含有浓厚诗意，又是每年的夏夜在到处都可以看见的，现在让我说一段关于萤的故事罢。

从前西方有一个康国，人民富庶，土地膏腴，因而时常被较贫乏的邻国瓶原所侵略。康国在位的常喜王只有一个儿子，名叫难胜，很勇敢强健，容貌也非常的美，远看着他站在殿上就像一根玉柱立着一样。有一次，瓶原人又来侵犯边境，难胜太子便请求父王给他一支兵，由他领出都门去抵御寇敌。常喜王因为爱他太甚，舍不得叫他上前敌，没有应许他。无耐难胜时刻地申请，常喜王就给他一个难题，说：“若是你必要上前敌去的话，除非是不用油和蜡，也不用火把，能够把那座灯台点亮了才可以。这是要试验你的智力，因为战争是不能单靠勇力的。”

难胜随着父王所指的地方看去，只见大堂当中安着一座很大很大的灯台，一丈多高，周围满布着小灯，各色各样的玻璃罩子罩在各盏灯上，就是不点也觉得它很美丽。父王指着给他看过之后，便垂着头到外殿去了。难胜走到灯台跟前，细细地观察它。原来那灯台是纯金打成的，台柱满镶上各样宝贝。因为受宝光的眩惑，使他不由得不用手去摩触那上头的各个宝饰。他触到一颗红宝石的时候，忽然把柱上的一扇门打开了。这个使他很诧异，因为宫里的好东西太多了，那座灯台放在堂中从来也没人注意过，没人知道它的构造，甚至是在什么时代传下来的，连宫里最老的太监都不知道。国王舍不得用它，怕把它弄脏了，所以只当作一种奇物陈设着。那台柱的直径有三尺左右，台座能容一个人躺下还有很宽裕的空间。它支持着一千盏灯，想来是世间最大的灯台。难胜踏进台柱里去，门一关，正好把自己藏在里头。他蹲下去，躺在台座里，仰望着各色的小圆光从各种宝石透射进来，真是好看。他又理会座上铺着一层厚垫子，好像是预备给人睡的。他想这也许是宫里的一个临时避难所，外边有什么变故，国王尽可以避到这里头来。但是他父亲好像不知道有这个地方，不然，怎么一向没听见他说过，也没人见他开过这扇门，他胡思乱想了一阵，几乎忘了他父亲所要求于他的事情。过了一会，他才想回来。他立刻站起，开了门，从原处跳出来。他把门关好，绕着灯台一面望，一面想着方才的问题。

几天之后，战争的消息越发不利了。难胜却还想不出一个不用油蜡等物而可以把那座灯台点起来的方法。可是他心里生出一个别的计划。他想万一敌人攻到都城附近，父王难免领兵出去迎战，假如不幸城被攻破，宫里的宝物一定会被掠夺尽的。他虽然能战，怎奈一个兵也没有，无论如何，若是不成功，不如藏在灯台里头，若是那东西被搬到瓶原去，他便可以找机会来报复。他想定了，便把干粮、水，和一切应备的用具及心爱的宝贝、兵器，都预先藏在灯台里头。

果然不出所料，强寇破了都城，常喜王也阵亡了。全城到处起火，号哭和屠杀的惨声已送到宫里。太子立刻教他的学伴慧思自想方法逃避些时，他又告诉了他他的计策。难胜看见慧思走了，自己才从容地踏进灯台去。不到一顿饭的工夫，敌兵已进入王宫，到处搜掠东西。一群兵士走到灯台跟前，个个认定是金的，都争着要动手击毁，以为人人可以平分一份。幸而主帅来到，说："这灯台是要献给大王的，不许毁坏。"大家才不敢动手，他教十几个兵士守着，当天把它搬上火车，载回本国去。

"好美的灯台！"瓶原国的王鸢眼看见元帅把战利品排在宝座前的时候这么说。他命人把它送到他最喜欢的玉华公主的寝室去。难胜躺在灯台里，听见这话，暗中叫屈，因为他原来是希望被放在国王的寝宫里，好乘机会杀了他的。但是他一声也不敢响，安然地被放在公主的房里。

公主进来，叫宫女们都来看这新受赐的宝灯，人人看了都赞美一番。有一个宫女说：“这灯台来得正好，过两个月，不是公主的生日吗？我们可以把它点起来，请大王和王后来赏玩。”

“这得用多少油呢？”另一个宫女这样问。她数着，忽然发觉了什么似的，嚷起来：“你看！这灯台是假的！”大家以为她有什么发现，都注视着她。她却说：“没有油盏，怎样点呢？”又一个说：“就使有油盏，一千盏灯，得多少人来点？”当下议论纷纷，毫无结果。玉华也被那上头的宝光眩惑住，不去注意点它的方法。

夜深了，玉华睡在床上，宫女们也歇息去了。难胜轻轻地从灯台跳出来，手里拿着一把刀，慢慢踱到公主的床边。在稀微的灯光底下，看见她躺着，直像对着一片被月光照耀的银渚。她胸前的一高一低，直像沙头的微浪在寒光底下荡漾着。他看呆了，因为世间从来没有比对着这样一个美人更能动人心情的事。他没想着那是仇人的女儿，反而发生了恋慕的情怀。他把刀放下，从身上取出一个小金盒，打开，在灯光底下用小刀轻轻地刻了几个字：“送给最可爱的公主。”刻完之后，合回去，轻微地放在公主的枕边。他不敢惊动公主，只守着她，到听见掌灯火的宫女的脚步声，才急忙地踏进灯台去。

第二天早晨，公主醒来，摩着枕边的小金盒，就非常惊异。可是她不敢声张，心里怀疑是什么天神鬼怪之类。晚烟又上来了，公主回到寝室去。到第二天一早晨，她在枕边又得到一个很宝贵的戒指。这样一连好些日子，什么手镯、足钏、耳环、臂缠种种女子喜欢的装饰品都莫名其妙地从枕头边得着了，而且比她在大典大节时候所用的还要好得多。原来康国的风俗，男女的装饰品没有多大的分别；他所赠与的，都是他日常所用的。

公主倒好奇起来了，她立定主意要看看夜间那来送东西的人物。但是她常熟睡，候了好几夜都没看见。最后，她不告诉别人，自己用针把小指头刺伤，为的是教夜间因痛而睡不着。到夜静之后，果然看见灯台底中柱开了一扇门，从门里跳出一个美男子来。她像往时一样，睡在床上，两眼却微微地开着。那男子走近床边，正要把一颗明珠放在她枕边，她忽然坐起来，问：“你是谁？”

难胜看见她起来，也不惊惶，从容地回答说：“我是你的俘虏。”

“你是灯台精罢？”

“我是人，是难胜太子。你呢？”

“我名叫玉华。”

公主也曾听人说过难胜太子的才干，一来心里早已羡慕，二来要探探究竟，于是下床把灯弄亮了，请他坐下。彼此相对着，便互相暗赞彼此的美丽。从此以后，每夜两人必聚谈些时，才各自睡去。从此以后，公主也命人每日多备些好吃的东西，放在房里。这样日子久了，就惹起宫女们的疑惑，她们想着公主的食粮忽然增加起来，而且据她说都是要在夜间睡了一会才起来吃的。不但如此，洗衣服的宫女也理会到常洗着奇怪的衣服，不是公主平日所穿的。她们大家都以为公主近来有点奇怪，大家都愿意轮流着伺察她在夜间的动静。

自从玉华与难胜亲热之后，公主便不许任何人在她睡后到她的卧室里，连掌灯的宫女也不叫进去，她也不要灯光了。她住的宫廷是靠着一个池塘，在月明之夜，两人坐在窗边，看月光印在水里，玉簪和晚香玉的香气不时掠袭过来，更帮助了他们相爱的情。在众星历落的时分，就有无数的萤火像拿着灯的一群小仙人在树林中做闲逸的夜游。他俩每常从窗户跳出去，到水边坐下谈心。在幽静的夜间，彼此相对着，使他们感到天地间的一切都是属于他们的。

宫女们轮流侦察的结果，使宫中遍传公主着了邪魔。有些说听见公主在池边和男子谈话，有些说看见一个人影走近灯台就不见了，但是公主一点也不知道大家的议论，她还是每夜与难胜相会，虽然所谈的几乎是一样的话，可是在他们彼此听来，就像唱着一阕百听不厌的妙歌，虽然唱了再唱，听过再听，也不觉得是陈腐。

这事情叫王后知道了，她怕公主被盘问不好意思，只叫人把灯台移到大堂中间。公主很不愿意，但王后对她说："你的生日快到了，留着那珍贵的灯台不点做什么？"

"儿不愿意看见这灯台被弄脏了，除非妈妈能免掉用油蜡一类的东西，使全座灯台用过像没用一样，儿才愿意咧。"玉华公主这个意思当然是从难胜得着的。难胜父王把难题交给他，公主又同调地把它交给母后。可是她的母亲并不重视她的难题，只说：“要灯台不脏还不容易吗？难道我们没有夜明珠？我到你父亲的宝库里捡一千颗出来放在灯盏上不就成了吗？”她于是叫人到库里去要，可是真正的夜明珠是不容易得到，司宝库的官吏就给王后出一个主意，叫她还是把工匠召来，做上一千盏灯，说明不许用油和蜡。工匠得了这个难题便到处请教人家，至终给他打听出一个方法。

他听见人说在北方很远的地方有个山坑，恒常地发出一种气体，那里的人不点油，不用蜡，只用那种气。他想这个很符合王后的要求，于是请求王后给他多些日子预备，把灯盏的大小量好，骑着千里马到那地方去。他看见当地的人们用猪膀胱来盛那种气体，便搜集了二千个，用好几天的工夫把它们充满了，才赶程回都城去。

在预备着灯盏的时候，玉华老守着那座灯。甚至晚上也铺上一张行床在旁边。王后不愿意太拂她的意思，只令一个侍女在她身边侍候。在侍女躺在床上的时候，她用一种安眠香轻轻地放在她鼻孔旁边，这样可以使她一觉睡到天明，玉华仍然可以和难胜在大堂的一个犄角的珠幔底下密谈。

工匠回到都城，将每个猪膀胱都嵌在金球里，每个金球的上端露出一根小小的气管，远看直像一颗金橙子。管与球的连接处有个小掣可以拧动。那就是管制灯火大小的关键。好容易把一千个灯球做好了，把一千个猪膀胱装进去，其余一千个留着替换。

玉华的生日到了。王与王后为她开了很大的宴会，当夜把灯台上的一千盏灯点着了。果然一点油脏和煤炱都没有，而且照得满庭光亮无比。正在歌舞得高兴的时候，台柱里忽然跳出一个人，吓得贵宾们都各自躲藏起来，他们都以为是神怪出现。玉华也吓愣了，原来难胜在灯台里受不了一千盏灯火的热，迫得他要跳出来，国王的侍卫们没等他走到王跟前就把他逮起来。王在那里审问他，知道他是什么人以后，就把他送到牢里去。

玉华要上前去拦住，反被父王申斥了一顿，不由得大哭着往自己的寝室去了。

自从那晚上起，玉华老躺在床上，像害很重的病，什么都不进口。王后着急，鸢眼王也很心痛，因为她们只有这个爱女。王后劝王把难胜放出来与她结婚，鸢眼王为国仇的关系老不肯点头。他一面教把难胜刑罚得遍体受伤，把他监在城外一个暗洞；一面教宣令官布告全国寻找名医。这样的病，不说全国，就是全世界也少有人能够把它治好的。现在先要办的事是用方法叫玉华吃东西，因为她的身体越来越荏弱了。御膳房所做的羹汤没有一样是她要吃的。王于是命令全国的人都试做一碗或一盆菜羹，如公主吃了那人所做的东西，他就得受很宝贵的奖品，而且可以自己挑选。

我们记得当日难胜太子当国破家亡的时候曾叫他的学伴自己逃生。这个学伴名叫慧思，也流落到瓶原国的都城来。他是为着打听难胜的下落来的，所以不敢有固定的职业，只是到处乞食，随地打听。宫里的变故他已听说，所以他用尽方法去打听难胜监禁的地方。他从一个狱卒那里知道太子是被禁在城外一个暗洞里，便到那里去查勘。原来那是一个水洞，洞里的水有七八尺深，从洞口泅水进去，许久还不到尽头处，而且从来就没有人敢这样尝试过。洞里的黑暗简直不能形容，曾有人用小筏持火把进去，但走不到百尺，火就被洞里的风吹灭了。听说洞里那边是通天上的，如有人走到底，他便会成仙，可是一向也没有人成功过，甚至常见尸首漂流出来，很奇怪的是洞里的水老向洞口流出，从没见过水流进去。王叫人把难胜幽禁在暗洞的深处，那里头有一个浮礁，可容四五人，历来犯重罪的人都被送到那上头去。犯人一到里头只好等死，无论如何，不能逃生。

难胜在那洞里经过三天，睁着眼，什么都看不见，身上的伤痕因着冷气渐渐不觉得痛苦，可是他是没法逃脱的。离他躲的地方两三尺，四围都是水，所以他在那里只后悔不该与仇人的女儿做朋友，以至仇没报得，反被拘禁起来。

慧思知道太子在洞里，可没法拯救他。他想着唯有叫玉华公主知道，好商量一个办法。他立找个机会与公主见面，可巧鸢眼王征求调羹的命令发出来，于是他也预备一钵盂的菜汤送到王宫去。众守卫看见他穿得那么褴褛，用的是乞丐的钵盂，早就看不起他，比着剑要驱逐他。其中一个人说："看你这样贱相，配做菜给公主尝吗？一大帮的公子王孙用金盆、银盏来盛东西，她还看不上眼哪。快走罢，一会大王出来大家都不方便。"

"好老爷，让我把这点粗东西献给公主罢。我知道公主需要这样特异的风味。若是她肯尝，我必要将所得一半报答你们。"

守卫的兵士商量了一会，便领他进宫里去。宫女们都掩着嘴偷笑，或捏着鼻子走开。他可很庄严，直像领班的宰相在大街上走着一般。到公主的寝室门口，侍女要上前来接他手捧着的钵盂，他说："我得亲自献给公主，不然，这汤的味道就会差了。”侍女不由得把他领到公主床边，公主一睁眼看见是个乞丐，就很生气说：“你是哪里来的流氓，敢冒昧地到我这里来？”

慧思说：“公主，请不要凭外貌来评定人，我这钵盂菜汤除掉难胜太子尝过以外，谁也没尝过。公主请……”

他还没说完，玉华已被太子的名字吸住了。她急问：“你认得难胜太子么？你是谁？”

他把手上戴着的一个戒指向着公主说：“我是他的学伴。我手上戴的是他赠与我的。他有一对这样的戒指，我们两人分着戴。”

公主注视那戒指，果然和太子所给她的是一对东西。不由得坐起来，说：“好，你把汤端来我尝尝。”

她一面喝，一面问慧思与太子的关系。那时侍女们都站得远远的，他们说什么都听不见，只看见公主起来喝着那乞丐的东西，有一个性急的宫女赶紧跑到王面前报告。王随即到公主寝室里来。

“你说！现在你想要求什么呢？”王问。

“求大王赐给我那陈列在大庭中间的金灯台。”

王一听见要那金灯台便注视着慧思，他问：“那灯台于你有什么用呢？看你的样子，连房子都不会有一间的，那东西你拿去安排哪里？”

慧思心里以为若要到黑洞里去找难胜，非得用那座灯台不可，因为它可以发出很大的光，而且每盏都有灯罩，不怕洞里的风把它吹灭了，但是鸢眼盘问之后，知道他也是难胜的人，不由得大怒，立刻命令侍卫来把他拖下去，也幽禁在那暗洞里。侍卫还没到之前，宫女忽然来报宰相在外庭有要事要见他。王于是径自出去了。

玉华叫慧思到她的床前，安慰他。在宫里，无论如何他是不能逃脱的。他只告诉公主他要那座灯台的意思。公主知道难胜被幽在洞里，也就叫他先去和太子作伴，等她慢慢想方法把那座灯台弄出宫外去，刚刚说了几句话，侍卫们便来把慧思带出去了。

慧思在路上受尽许多侮辱，他只低着头任人耻笑，因自己有主意，一点也不发作，怒气只隐藏在心里，非要等到复国那一天，最好是先不要表示什么。他们来到水边，两个狱卒把慧思放在筏上，慢慢地撑进洞里。那两人是进去惯了的，他们知道撑几篙就可以到那浮礁。把慧思推上去之后，还从原筏泛出来。

慧思摩触难胜，对他说：“我是慧思呀。”又告诉他怎样从公主那里来，难胜的创痕虽好了些，可是饿得动不得了，好在慧思临出宫廷的时候，公主暗自把一些吃的掖在他怀里。他就取出来，在黑暗中递到太子的嘴里。

洞里是永远的夜，他们两个不说话的时候，除去滴水和流水的声音以外，一点也听不见什么。他们不晓得经过多少时候，忽然看见远远有光射进来，不觉都坐在礁上观望。等到那光越来越近，才听见玉华喊叫难胜的声音。她踏上浮礁，与难胜相见。这时满洞都光亮得很。筏上的灯台印在水面上，光度更加上一倍。

玉华公主开始说她怎样怂恿母后把灯台交给金匠去熔化掉，然后叫一两个亲近的人去与那匠人说通了，用高价把它买回来，偷偷地运出城外去。有一个亲信的宫女的家就在那洞口的水边，就把那灯台暂时藏在那里。她的难题在要把灯台送进洞里去的时候就发生了。小小的筏子绝不能载得起那么重的金灯台，而且灯球当着洞口的风也点不着，公主私自在夜间离开宫廷，帮着点灯，在太阳没出来以前又赶着回宫去。这样做了好些晚上，可是灯点着了，筏子又载不起，至终把灯球的气都点完了。到最后几盏，在将灭未灭的时候，忽然树林里飞来一大群的萤火，有些不晓得怎样飞进灯罩里去，不能出来，在罩里射出闪闪烁烁的光辉。这个，激发了公主的心思，她想为什么不把萤火装在一千盏灯里头呢？她即有了主意，几个亲信人立刻用纱缝了些网子到水边各处去捕获。不到两晚上，已经装满了一千盏灯。公主一面又想着怎样把灯台安在小筏上面。最后她决定用那一千个金球，连结起来，放在水面，然后把筏子压在球上头。这样做法，使筏子的浮力增加了好些倍，灯台于是被安置得上。一切都安排好了，公主和两个亲近的人就慢慢地撑进洞里去。幸而水流还不很急，灯台和人在筏子上也有相当的重量，所以进行得很顺利。

洞里现在是充满了青光，一切都显得更美丽。好冒险的难胜太子提议暂时不出洞外，可以试试逆溯到洞底。大家因为听过传说，若能达到洞底，就可以到另一个天地，就可以成仙，所以暂时都不从危险方面着想；而且人多胆壮，都同意溯流而进。慧思的力量是很大的，只有他一个人撑篙。那筏离开浮礁渐渐远了。一路上看见许多怪样的石头，有时筏上人物的影子射在洞壁上头，显得青一片，黑一片的。在走了好些水程之后，果然远远地看见前面一点微光好像北极星那么大。筏子再进前，那光丸越显得大了些。他们知道那是另外一个洞口，便鼓着勇气，大家撑起来，不到两个时辰，竟然出了洞口。原来这洞是一条暗河，难胜许久没与强度的阳光接触，不由得晕眩了一会。至终他认识所在的四围好像是他从前曾在那里打过猎的地方。他对慧思说：“这不是到了我们的国境吗？这不就是龙潭吗？你一定也认得这个地方。”慧思经过这样提醒，也就认得是本国的边境的龙潭，一向没有人理会，那潭水还通着一条暗河。他说：“可不是？我们可以立刻回到宫里去。”

康国自从常喜王阵亡了之后，就没人敢承继，因为大家都很尊敬难胜，知道他有一天终会回来，所以国政是由几个老臣摄行。鸢眼王的军队侵略进来之后，大队不久也自退出去了，只留下些小队伍守着都城，太子同慧思到村落里找村长。村长认得是小主，喜欢得很，立刻骑上马到都城去，告诉那班老臣，几个老臣赶到村里来迎接他们，相见之下，悲喜交集。太子问了些国家大事，都说兵精粮足，可以报仇了，现在散布在都城外的各地，所等待的只是一位领兵的元帅。现在太子回来，什么都具备了。

慧思劝太子不要用兵，说："对于邻国是要和睦的，我们既有了精强的兵力，本来可以复仇，但是这不会太伤玉华公主的心吗？不如把军队从刚才来的那个水洞送到那边去，再分一队把都城的敌兵围起来，若不投降便歼灭他们。我单人去见国王，要他与我们订盟，彼此不相侵略，从前的损失要他偿还；他若不答应我们再开仗也不迟。他们一定不会防到我们的兵会从那水洞泛出来的。胜算操在我们手里，我们为什么要多杀人呢？"

这话把与会的文武官员都说服了。难胜即日登了王位，老臣们分头调动军队，预备竹筏，又派慧思为使者骑着快马到瓶原国去。

鸢眼王看见当日的乞丐忽然以使者的身份现在他座前，不由得生气，命人再把他送到黑洞里去，慧思心里只好笑，临行的时候对他说："大王不要太骄傲，我们的兵不久就会到你的城下来。"

兵士把他送进暗洞里像往日一样。但一到浮礁，早有难胜的哨兵站在那里。他们把送慧思来的兵士绑起来，一面用萤火的光做信号报告到帅府。不到三个时辰，大兵已进到水洞。个个兵士头上都顶着一盏萤灯，竹筏连结起来，简直成为一条很长的浮桥。暗洞里又充满了青光，在水面像凌乱的星星浮泛着。

大队出了洞口，立刻进到都城。鸢眼王真是惊讶难胜进兵的神速，却还不知道兵是从哪里来的，他恐慌了，群众都劝他和平解决，于是派遣了最信任的宰相来到难胜军帐中与他议和。难胜只要求偿还历次侵略的损失，和将玉华许配给他。这条件很顺利地被接纳了。他们把玉华公主送回国去，择个吉日迎娶过来。

从此以后，那黑暗的水洞变成赏萤火的名胜，因为两国人民从此和好，个个都忆起那条水和水边的萤虫，都喜欢到那里去游玩。

难胜把那座金灯台仍然安置在宫廷中间。那是它永久的地方，它这回出国带着光荣回来，使人人尊仰。所以每到夏夜，难胜王必要命人把萤火装在一千个灯罩里，为的是纪念他和玉华王后的旧事。

小夜曲

缪崇群

>>>

一小面窗子透进一小块景色。朦胧的有一道屋脊，朦胧的有一团树影，朦胧的有一角天，有几颗闪瞬着的星星，也许朦胧地还有一抹单单的月色，在山的背后，或是树的梢头，却被窗栏遮住不能看见。

我不知道是乍醒过来，或是还未入睡；也不清楚正当什么时刻，月弦斜挂在天边？不然，东方已经熹微了？

我的双目正对着窗子，窗子没有什么遮拦——窗外的景色也正朦胧地全部映在我的眼里，眼界只有这么大，此外什么都是黝黑的。

我已经很清醒了，我的嘴唇微微颤着：“夜是小的”，我仿佛念着谁的名字。

同室的两个人轻轻地在打着鼾息；我想着全世界也都在睡眠着，小的夜是我的。

窗外没有一点变化，树没有动，星没有灭，天没有亮，夜是小的，小的夜是我的。

没有风声，没有雨声，没有犬吠……

宁静的，小的夜，是我的。

不知哪里，传来几声妇人的哭泣，歇了，好像并没有撕破夜的沉寂。

我想那妇人也还不曾入眠。过了一刻，她又哭了，哭的声音是那般轻柔，那般凄恻，她是在悼念着谁呢？为着亡失了什么而流出自己的泪呢？夜是这般沉寂，这般孤独，在这般微小的夜里，能够寻见了什么呢？

我把这哭声当作了小谱，那妇人仿佛正轻轻地歌唱着一个小夜的曲子。

我辗转着，我的眼睛不知怎么湿润了。

我呼唤着我的伴侣的名字。

我为着没有她的应声而哭泣了。

我的耳畔似乎又响着谁的话声：

“听呢，他在哭叫着？”一个问说。

“日有所思……”另一个判答。

我偷偷地拭去了脸上和枕上的泪水，我依然装作宁静地睡着。梦被同室的两个人的话声拦住了；梦，也许是被我自己的呼唤醒来了。

窗外依然是朦胧的一小块景色。夜是小的，夜是寥寂而孤独的。

桃金娘

许地山

>>>

桃金娘是一种常绿灌木，粤、闽山野很多，叶对生，夏天开淡红色的花，很好看的，花后结圆形像石榴的紫色果实。有一个别名广东土话叫作“冈拈子”，夏秋之间结子像小石榴，色碧绛，汁紫，味甘，牧童常摘来吃，市上却很少见，还有常见的蒲桃及连雾（土名鬼蒲桃），也是桃金娘科的植物。

一个人没有了母亲是多么可悲呢！我们常看见幼年的孤儿所遇到的不幸，心里就会觉得在母亲的庇荫底下是很大的一份福气。我现在要讲从前一个孤女怎样应付她的命运的故事。

在福建南部，古时都是所谓“洞蛮”住着的。他们的村落是依着山洞建筑起来，最著名的有十八个洞。酋长就住在洞里，称为洞主。其余的人们搭茅屋围着洞口，俨然是聚族而居的小民族。十八洞之外有一个叫作仙桃洞，出的好蜜桃，民众都以种桃为业，拿桃实和别洞的人们交易，生活倒是很顺利的。洞民中间有一家，男子都不在了，只剩下一个姑母、一个小女儿金娘。她生下来不到二个月，父母在桃林里被雷劈死了。迷信的洞民以为这是他们二人犯了什么天条，连他们的遗孤也被看为不祥的人。所以金娘在社会里是没人敢与她来往的。虽然她长得绝世的美丽，村里的大歌舞会她总不敢参加，怕人家嫌恶她。

她有她自己的生活，她也不怨恨人家，每天帮着姑母做些纺织之外，有工夫就到山上去找好看的昆虫和花草。有时人看见她戴得满头花，便笑她是个疯女子，但她也不在意。她把花草和昆虫带回茅寮里，并不是为玩，乃是要辨认各样的形状和颜色，好照样在布匹上织上花纹。她是一个多么聪明的女子呢！姑母本来也是很厌恶她的，从小就骂她，打她，说她不晓得是什么妖精下凡，把父母的命都送掉。但自金娘长大之后，会到山上去采取织纹的样本，使她家的出品受洞人们的喜欢，大家拿很贵重的东西来互相交易，她对侄女的态度变好了些，不过打骂还是不时会有的。

因为金娘家所织的布花样都是日新月异的，许多人不知不觉地就忘了她是他们认为不详的女儿，在山上常听见男子的歌声，唱出底下的辞句：

你去爱银姑，
我却爱金娘。
银姑歌舞虽漂亮，
不如金娘衣服好花样。
歌舞有时歇，
花样永在衣裳上。
你去爱银姑，
我来爱金娘，
我要金娘给我做的好衣裳。

银姑是谁？说来是很有势力的，她是洞主的女儿，谁与她结婚，谁就是未来的洞主。所以银姑在社会里，谁都得巴结她。因为洞主的女儿用不着十分劳动，天天把光阴消磨在歌舞上，难怪她舞得比谁都好。她可以用歌舞叫很悲伤的人快乐起来，但是那种快乐是不恒久的，歌舞一歇，悲伤又走回来了。银姑只听见人家赞她的话，现在来了一个艺术的敌人，不由得嫉妒心发作起来，在洞主面前说金娘是个狐媚子，专用颜色来蛊惑男人。洞主果然把金娘的姑母叫来，问她怎样织成蛊惑男人的布匹，她一定是使上巫术在所织的布上了。必要老姑母立刻把金娘赶走，若是不依，连她也得走。姑母不忍心把这消息告诉金娘，但她已经知道她的意思了。

她说："姑妈，你别瞒我，洞主不要我在这里，是不是？"

姑母没做声，只看着她还没织成的一匹布滴泪。

"姑妈，你别伤心，我知道我可以到一个地方去，你照样可以织好看的布。你知道我不会用巫术，我只用我的手艺。你如要看我的时候，可以到那山上向着这种花叫我，我就会来与你相见的。"金娘说着，从头上摘下一枝淡红色的花递给她的姑母，又指点了那山的方向，什么都不带就往外走。

"金娘，你要到哪里去，也得告诉我一个方向，我可以找你去。"姑母追出来这样对她说。

"我已经告诉你了，你到那山上，见有这样花的地方，只要你一叫金娘，我就会到你面前来。"她说着，很快地就向树林里消失了。

原来金娘很熟悉山间的地理，她知道在很多淡红花的所在有许多野果可以充饥。在那里，她早已发现了一个仅可容人的小洞，洞里的垫褥都是她自己手织的顶美的花布。她常在那里歇息，可是一向没人知道。

村里的人过了好几天才发现金娘不见了，他们打听出来是因为一首歌激怒了银姑，就把金娘撵了。于是大家又唱起来：

谁都恨银姑，
谁都爱金娘。
银姑虽然会撒谎，
不能涂掉金娘的花样。
撒谎涂污了自己，
花纹还留衣裳上。
谁都恨银姑，
谁都想金娘，
金娘回来，
给我再做好衣裳。

银姑听了满山的歌声都是怨她的辞句，可是金娘已不在面前，也发作不了。那里的风俗是不能禁止人唱歌的。唱歌是民意的表示，洞主也很诧异为什么群众喜欢金娘。有一天，他召集族中的长老来问金娘的好处。长老们都说她是一个顶聪明勤劳的女子，人品也好，所差的就是她是被雷劈的人的女儿；村里有一个这样的人，是会起纷争的。看现在谁都爱她，将来难保大家不为她争斗，所以把她撵走也是一个办法。洞主这才放了心。

天不作美，一连有好几十天的大风雨，天天有雷声绕着桃林。这叫村里人个个担忧，因为桃子是他们唯一的资源。假如桃树叫风拔掉或教水冲掉，全村的人是要饿死的。但是村人不去防卫桃树，却忙着把金娘所织的衣服藏在安全的地方。洞主问他们为什么看金娘所织的衣服比桃树重。他们就唱说：

桃树死掉成枯枝，
金娘织造世所稀。
桃树年年都能种，
金娘去向无人知。

洞主想着这些人们那么喜欢金娘，必得要把他们的态度改变过来才好。于是他就和他的女儿银姑商量，说：“你有方法叫人们再喜欢你么？”

银姑唯一的本领就是歌舞，但在大雨滂沱的时候，任她的歌声嘹亮也敌不过雷音泉响，任她的舞态轻盈，也踏不了泥淖砾场。她想了一个主意，走到金娘的姑母家，问她金娘的住处。

“我不知道她住在哪里，可是我可以见着她。”姑母这样说。

“你怎样能见着她呢？你可以叫她回来么？”

“为什么又要她回来呢？”姑母问。

“我近来也想学织布，想同她学习学习。”

姑母听见银姑的话就很喜欢地说：“我就去找她。”说着披起蓑衣就出门。银姑要跟着她去，但她阻止她说：“你不能跟我去，因为她除我以外，不肯见别人。若是有人同我去，她就不出来了。”

银姑只好由她自己去了。她到山上，摇着那红花，叫：“金娘，你在哪里？姑妈来了。”

金娘果然从小林中踏出来，姑母告诉她银姑怎样要跟她学织纹。她说：“你教她就成了，我也没有别的巧妙，只留神草树的花叶，禽兽的羽毛，和到山里找寻染色的材料而已。”

姑母说：“自从你不在家，我的染料也用完了，怎样染也染不出你所染的颜色来。你还是回家把村里的个个女孩子都教会了你的手艺罢。”

“洞主怎样呢？”

“洞主的女儿来找我，我想不至于难为我们罢。”

金娘说：“最好是叫银姑在这山下搭一所机房，她如诚心求教，就到那里去，我可以把一切的经验都告诉她。”

姑母回来，把金娘的话对银姑说。银姑就去求洞主派人到山下去搭棚。众人一听见是为银姑搭的，以为是为她的歌舞，都不肯去做，这叫银姑更嫉妒。她当着众人说：“这是为金娘搭的。她要回来把全洞的女孩子都教会了织造好看的花纹。你们若不信，可以问问她的姑母去。”

大家一听金娘要回来，好像吃了什么兴奋药，都争前恐后地搭竹架子，把各家存着的茅草搬出来。不到两天工夫，在阴晴不定的气候中把机房盖好了，一时全村的女儿都齐集在棚里，把织机都搬到那里去，等着金娘回来教导她们。

金娘在众人企望的热情中出现了，她披着一件带宝光的蓑衣，戴的一顶箨笠，是她在小洞里自己用细树皮和竹箨交织成的，众男子站在道旁争着唱欢迎她的歌：

大雨淋不着金娘的头；
大风飘不起金娘的衣。
风丝雨丝，
金娘也能接它上织机；
她是织神的老师。

金娘带着笑容向众男子行礼问好，随即走进机房与众妇女见面。一时在她指导底下，大家都工作起来。这样经过三四天，全村的男子个个都企望可以与她攀谈，有些提议晚间就在棚里开大宴会。因为她回来，大家都高兴了。又因露天地方雨水把土地淹得又湿又滑，所以要在棚里举行。

银姑更是不喜欢，因为连歌舞的后座也要被金娘夺去了。那晚上可巧天晴了，大家格外兴奋，无论男女都预备参加那盛会。每人以穿着一件金娘所织的衣服为荣；最低限度也得搭上一条她所织的汗巾，在灯光底下更显得五光十色。金娘自己呢，她只披了一条很薄的轻纱，近看是像没穿衣服，远见却像一个人在一根水晶柱子里藏着，只露出她的头——一个可爱的面庞向各人微笑。银姑呢，她把洞主所有的珠宝都穿戴起来，只有她不穿金娘所织的衣裳。但与金娘一比，简直就像天仙与独眼老猕猴站在一起。大家又把赞美金娘的歌唱起来，银姑觉得很窘，本来她叫金娘回来就是不怀好意的，现在怒火与妒火一齐燃烧起来，趁着人不觉得的时候，把茅棚点着了，自己还走到棚外等着大变故的发生。

一会火焰的舌伸出棚顶，棚里的人们个个争着逃命。银姑看见那狼狈情形一点也没有恻隐之心，还在一边笑，指着这个说："吓吓！你的宝贵的衣服烧焦了！"对着那个说："喂，你的金娘所织的衣服也是禁不起火的！"诸如此类的话，她不晓得说了多少。金娘可在火棚里帮着救护被困的人们，在火光底下更显出她为人服务的好精神。忽然哗啦一声，全个棚顶都塌下来了，里面只听见嚷救的声音。正在烧得猛烈的时候，大雨忽然降下，把火淋灭了。可是四周都是漆黑，火把也点不着，水在地上流着，像一片湖沼似的。

第二天早晨，逃出来的人们再回到火场去，要再做救人的工作，但仔细一看，场里的死尸堆积很多，几乎全是村里的少女。因为发现火头起来的时候，个个都到织机那里，要抢救她们所织的花纹布。这一来可把全洞的女子烧死了一大半，几乎个个当嫁的处女都不能幸免。

事定之后，他们发见银姑也不见了。大家想着大概是水流冲激的时候，她随着流水沉没了。可是金娘也不见了！这个使大家很着急，有些不由得流出眼泪来。

雨还是下个不止，山洪越来越大，桃树被冲下来的很多，但大家还是一意找金娘。忽然霹雳一声，把洞主所住的洞也给劈开了，一时全村都乱着逃性命。

过了些日子天渐晴回来，四围恢复了常态，只是洞主不见。他是给雷劈死的，一时大家找不着银姑，所以没有一个人有资格承继洞主的地位。于是大家又想起金娘来，说：“金娘那么聪明，一定不会死的。不如再去找找她的姑母，看看有什么方法。”

姑母果然又到山上去，向着那小红花嚷说：“金娘，金娘，你回来呀，大家要你回来，你为什么不回来呢？”

随着这声音，金娘又面带笑容，站在花丛里，说：“姑妈，要我回去干什么？所有的处女都没有了。我还能教谁呢？”

“不，是所有的处男要你，你去安慰他们罢。”

金娘于是又随着姑母回到茅寮里，所有的未婚男子都聚拢来问候她，说：“我们要金娘做洞主。金娘教我们大家纺织，我们一样地可以纺织。”

金娘说：“好，你们如果要我做洞主，你们用什么来拥护我呢？”

“我们用我们的工作来拥护你，把你的聪明传播各洞去。教人家觉得我们的布匹比桃实好得多。”

金娘于是承受众人的拥戴做起洞主来。她又教大家怎样把桃树种得格外肥美。在村里，种植不忙的时候，时常有很快乐的宴会。男男女女都能采集染料，和织造好看的布匹，一直做到她年纪很大的时候，把所有织布、染布的手艺都传给众人。最后，她对众人说：“我不愿意把我的遗体现在众人面前教大家伤心，我去了之后，你们当中，谁最有本领、最有为大家谋安全的功绩的，谁就当洞主。如果你们想念我，我去了之后，你们看见这样的小红花就会记起我来。”说着她就自己上山去了。

因为那洞本来出桃子，所以外洞的人都称呼那里的众人为“桃族”。那仙桃洞从此以后就以织纹著名，尤其是织着小红花的布，大家都喜欢要，都管它叫作“桃金娘布”。

自从她的姑母去世之后，山洞的方向就没人知道。全洞人只知道那山是金娘往时常到的，都当那山为圣山，每到小红花盛开时候，就都上山去，冥想着金娘。所以那花以后就叫作“桃金娘”了。

对于金娘的记忆很久很久还延续着，当我们最初移民时，还常听到洞人唱的：

桃树死掉成枯枝，
金娘织造世所稀。
桃树年年都能种，
金娘去向无人知。

江南的冬景

郁达夫

>>>

凡在北国过过冬天的人，总都道围炉煮茗，或吃煊羊肉，剥花生米，饮白干的滋味。而有地炉、暖炕等设备的人家，不管它门外面是雪深几尺，或风大若雷，而躲在屋里过活的两三个月的生活，却是一年之中最有劲的一段蛰居异境。老年人不必说，就是顶喜欢活动的小孩子们，总也是个个在怀恋的，因为当这中间，有的萝卜、雅儿梨等水果的闲食，还有大年夜、正月初一、元宵等热闹的节期。

但在江南，可又不同：冬至过后，大江以南的树叶，也不至于脱尽。寒风——西北风——间或吹来，至多也不过冷了一日两日。到得灰云扫尽，落叶满街，晨霜白得像黑女脸上的脂粉似的清早，太阳一上屋檐，鸟雀便又在吱叫，泥地里便又放出水蒸气来，老翁小孩就又可以上门前的隙地里去坐着曝背谈天，营屋外的生涯了；这一种江南的冬景，岂不也可爱得很么？

我生长江南，儿时所受的江南冬日的印象，名刻特深；虽则渐入中年，又爱上了晚秋，以为秋天正是读读书、写写字的人的最惠节季，但对于江南的冬景，总觉得是可以抵得过北方夏夜的一种特殊情调，说得摩登些，便是一种明朗的情调。

我也曾到过闽粤，在那里过冬天，和暖原极和暖，有时候到了阴历的年边，说不定还不得不拿出纱衫来着；走过野人的篱落，更还看得见许多杂七杂八的秋花！一番阵雨雷鸣过后，凉冷一点，至多也只好换上一件夹衣，在闽粤之间，皮袍棉袄是绝对用不着的！这一种极南的气候异状，并不是我所说的江南的冬景，只能叫它作南国的长春，是春或秋的延长。

江南的地质丰腴而润泽，所以含得住热气，养得住植物；因而长江一带，芦花可以到冬至而不败，红叶也有时候会保持得三个月以上的生命。像钱塘江两岸的乌桕树，则红叶落后，还有雪白的桕子着在枝头，一点一丛，用照相机照将出来，可以乱梅花之真。草色顶多成了赭色，根边总带点绿意，非但野火烧不尽，就是寒风也吹不倒的。若遇到风和日暖的午后，你一个人肯上冬郊去走走，则青天碧落之下，你不但感不到岁时的肃杀，并且还可以饱觉着一种莫名其妙的含蓄在那里的生气："若是冬天来了，春天也总马上会来"的诗人的名句，只有在江南的山野里，最容易体会得出。

说起了寒郊的散步，实在是江南的冬日，所给与江南居住者的一种特异的恩惠；在北方的冰天雪地里生长的人，是终他的一生，也绝不会有享受这一种清福的机会的。我不知道德国的冬天，比起我们江浙来如何，但从许多作家的喜欢以Spaziergang一字来做他们的创造题目的一点看来，大约是德国南部地方，四季的变迁，总也和我们的江南差仿不多。譬如说十九世纪的那位乡土诗人洛在格（Peter Rosegger，1843—1918）罢，他用这一个"散步"做题目的文章尤其写得多，而所写的情形，却又是大半可以拿到中国江浙的山区地方来适用的。

江南河港交流，且又地滨大海，湖沼特多，故空气里时含水分；到得冬天，不时也会下着微雨，而这微雨寒村里的冬霖景象，又是一种说不出的悠闲境界。你试想想，秋收过后，河流边三五家人家会聚在一道的一个小村子里，门对长桥，窗临远阜，这中间又多是树枝槎丫的杂木树林。在这一幅冬日农村的图上，再洒上一层细得同粉也似的白雨，加上一层淡得几不成墨的背景，你说还够不够悠闲？若再要点景致进去，则门前可以泊一只乌篷小船，茅屋里可以添几个喧哗的酒客，天垂暮了，还可以加一味红黄，在茅屋窗中画上一圈暗示着灯光的月晕。人到了这一个境界，自然会得胸襟洒脱起来，终至于得失俱亡，死生不同了：我们总该还记得唐朝那位诗人做的"暮雨潇潇江上村"的一首绝句罢？诗人到此，连对绿林豪客都客气起来了，这不是江南冬景的迷人又是什么？

一提到雨，也就必然的要想到雪："晚来天欲雪，能饮一杯无？"自然是江南日暮的雪景。"寒沙梅影路，微雪酒香村"，则雪月梅的冬宵三友，会合在一道，在调戏酒姑娘了。"柴门村犬吠，风雪夜归人"，是江南雪夜，更深人静后的景况。"前树深雪里，昨夜一枝开"又到了第二天的早晨，和狗一样喜欢弄雪的村童来报告村景了。诗人的诗句，也许不尽是在江南所写，而做这几句诗的诗人，也许不尽是江南人，但假了这几句诗来描写江南的雪景，岂不直截了当，比我这一枝愚劣的笔所写的散文更美丽得多?

有几年，在江南，也许会没有雨没有雪的过一个冬，到了春间阴历的正月底或二月初再冷一冷下一点春雪的；去年（1934）的冬天是如此，今年的冬天恐怕也不得不然，以节气推算起来，大约大冷的日子，将在1936年的2月尽头，最多也总不过是七八天的样子。像这样的冬天，乡下人叫作旱冬，对于麦的收成或者好些，但是人口却要受到损伤；旱得久了，白喉、流行性感冒等疾病自然容易上身，可是想恣意享受江南的冬景的人，在这一种冬天，倒只会得到快活一点，因为晴和的日子多了，上郊外去闲步逍遥的机会自然也多；日本人叫作Hiking，德国人叫作Spaziergang狂者，所最欢迎的也就是这样的冬天。

窗外的天气晴朗得像晚秋一样：晴空的高爽，日光的洋溢，引诱得使你在房间里坐不住，空言不如实践，这一种无聊的杂文，我也不再想写下去了，还是拿起手杖，搁下纸笔，上湖上散散步罢!

辑二

过有意思的生活

插　　田

叶　紫

>>>

失业，生病，将我第一次从嚣张的都市驱逐到那幽静的农村。我想，总该能安安闲闲地休养几日吧。

这时候，是阴历四月的初旬——农忙的插田的节气。

我披着破大衣踱出我的房门来，田原上早已经充满劳作的歌声了。通红的肿胀的太阳，映出那些弯腰的斜长的阴影，轻轻地移动着。碧绿的秧禾，在粗黑的农人们的手中微微地颤抖。一把一把地连根拔起来，用稻草将中端扎着，堆进那高大的秧箩，挑到田原中分散了。

我的心中，充满着一种轻松的、幽雅而闲静的欢愉，贪婪地听取他们悠扬的歌曲。我在他们的那乌黑的脸膛上，隐约的，可以看出一种不可言喻的、高兴的心情来。我想：

“是呀！小人望过年，大人望插田！……这原是他们一年巨大的希望的开头呢。……”

我轻轻地走过去。在秧田里第一个看见和我点头招呼的，便是那雪白胡须的四公公，他今年已经七十三岁了，还肯那么高兴地跟着儿孙们扎草挑秧，这是多么伟大的农人的劳力啊！

“四公公，还能弯腰吗？”我半玩笑半关心地问他。

“怎么不能呀！‘农夫不下力，饿死帝王君’呢。先生！”他骄傲地笑着，用一对小眼珠子在我的身上打望了一遍，“好些了？……”

“是的，好些了。不过腰还是有些……”

“那总会好的啰！”他又弯腰拔他的秧去了。

我站着看了一会，在他们那种高兴的、辛勤的劳动中，使我深深地感到自家年来生活的卑微和厌倦了。东浮西荡，什么东西毫无长进的，而身体，又是那样的受到许多沉重的创伤；不能按照自家的心思做事，又不会立业安家，有时甚至连一个人的衣食都难以温饱，有什么东西能值得向他们夸耀呢？……而他们，一天到晚，田中，山上，微漪的、淡绿的湖水，疏云的、辽阔的天际！唱自家爱唱的歌儿，谈自家开心的故事。忧？愁？……夜间的、酣甜的呓梦！……

我开始羡慕他们起来。我觉得，我连年都市的漂流，完全错了；我不应该在那样的骷髅群中去寻求生路的，我应该回到这恬静的农村中来。我应该同他们一样，用自家的辛勤劳力，争取自家的应得的生存；我应该不闻世事，我应该……

田中的秧已经慢慢地拔完了，我还更加着力地在想着我的心思。当他们个别抬头休息的时候，小康——四公公的那个精明的小孙子，向我偷偷地将舌头伸出着，顽皮地指了一下那散满了秧扎的田中，笑了：

“去吗？……高兴吗？……”

不知道是哪里来的兴趣，使我突然忘记了腰肢的痛楚，脱下了鞋袜和大衣，想同他们插起田来。我的白嫩的脚掌踏着那坚牢的田塍，感到针刺般的酸痛。然而，我却竭力地忍耐着，艰难地跟着他们下到了那水浑的田中。

四公公几乎笑出眼泪来了。他拿给我一把秧，教会我一个插田的脚步和姿势，就把我送到那最外边的一层，顺着他们里边的行列，倒退着，插起秧来。

“当心坐到水上呀！……”

“不要同我们插‘烟壳脑壳’呢！……”

“好了！好了，脚插到阴泥中拔不出来了！”

我受着他们的嘲笑，站稳了架子，细心地考察一遍他们的手法，似乎觉得自家所插的列子也还不差。这一下就觉得心中非常高兴了。插田，我的动作虽然慢，却还并不见得是怎样艰难的事情啊！

四公公越到我的前头来了——他已经比我快过了一个长行。他抬头站了一站，我便趁这个机会像夸张自家的能干般地和他攀谈起来。

“我插的行吗？四公公！”

“行！”四公公笑了一笑，但即刻又皱着眉头说：“读书人，干这些事情总不大合适呀！对吗？……”

“不，四公公，我是想试试看呢，我看我能不能插秧！我想……唔，四公公，我想回到乡下来种田呀！”

“种田？……王先生，你别开玩笑呢！”

“真的呀！还是种田的好些，……我想。”

四公公的脸上阴郁起来了，他呆呆地站在田中，用小眼珠子惊异地朝我侦察着我的话是否真实。我艰难地移近到他的身边，就开始说起我那高兴农人生活的理由来，我大声地骂了一通都市人们的罪恶，又说了许多读书人的卑鄙、下流，……然后，正当欲颂赞他们生活的清高的时候，四公公便突然地打断了我的话头：

“得啦！先生，你为什么竟说出这样的话来呢？……”他朝儿孙们打望了一下，摸着胡子，凄然地撒掉手中的残秧。“在我们，原没有办法的，明知种田是死路，但也只得种！有什么旁的生涯给我们做的呢？‘命中注定八合米，走尽天下不满升。’……而先生，你……读书人，高升的门路几多啊！你还真的说这种话，……你以为，唉！先生，这田中的收成都能归我们自家？……”

他咽住了一口气，用手揉揉那湿润的小眼睛，摇头没有再说下去了。他的胡子悲哀地随风飘动着，有一颗晶莹的泪珠子顺着他那眼角的深深的皱纹爬将下来。

儿孙们都停了手中的工作，朝我们怔住了：

“怎么啦？公公。”

“没有怎么！”他叹一声气。忽然，似乎觉到了今天原是头一次插田，应该忌讳不吉利的话似的，又朝我打望了一下，顺手揩掉那晶莹的泪珠子，勉强装成一副难堪的笑容，弯腰拾起秧禾，将话头岔到旁的地方去：

“等等，先生，请你到我们家中吃早饭去，……人，生在世上，总应该勤劳……”

我没有再听出他底下说的是什么话来，痴呆地，羞惭地站在那里，看着他祖孙们手中的秧禾和那矫捷的插田的动作。……“死路”。“高升的门路！”……我觉得有一道冰凉的流电，从水里通过我的脚干，曲曲折折地传到我的全身！

我的腰肢，开始痛得更加厉害了。

养　　花

老　舍

>>>

我爱花，所以也爱养花。我可还没成为养花专家，因为没有工夫去作研究与试验。我只把养花当作生活中的一种乐趣，花开得大小好坏都不计较，只要开花，我就高兴。在我的小院中，到夏天，满是花草，小猫儿们只好上房去玩耍，地上没有它们的运动场。

花虽多，但无奇花异草。珍贵的花草不易养活，看着一棵好花生病欲死是件难过的事。我不愿时时落泪。北京的气候，对养花来说，不算很好。冬天冷，春天多风，夏天不是干旱就是大雨倾盆；秋天最好，可是忽然会闹霜冻。在这种气候里，想把南方的好花养活，我还没有那么大的本事。因此，我只养些好种易活、自己会奋斗的花草。

不过，尽管花草自己会奋斗，我若置之不理，任其自生自灭，它们多数还是会死了的。我得天天照管它们，象好朋友似的关切它们。一来二去，我摸着一些门道：有的喜阴，就别放在太阳地里，有的喜干，就别多浇水。这是个乐趣，摸住门道，花草养活了，而且三年五载老活着、开花，多么有意思呀！不是乱吹，这就是知识呀！多得些知识，一定不是坏事。

我不是有腿病吗，不但不利于行，也不利于久坐。我不知道花草们受我的照顾，感谢我不感谢；我可得感谢它们。在我工作的时候，我总是写了几十个字，就到院中去看看，浇浇这棵，搬搬那盆，然后回到屋中再写一点，然后再出去，如此循环，把脑力劳动与体力劳动结合到一起，有益身心，胜于吃药。要是赶上狂风暴雨或天气突变哪，就得全家动员，抢救花草，十分紧张。几百盆花，都要很快地抢到屋里去，使人腰酸腿疼，热汗直流。第二天，天气好转，又得把花儿都搬出去，就又一次腰酸腿疼，热汗直流。可是，这多么有意思呀！不劳动，连棵花儿也养不活，这难道不是真理么？

送牛奶的同志，进门就夸“好香”！这使我们全家都感到骄傲。赶到昙花开放的时候，约几位朋友来看看，更有秉烛夜游的神气——昙花总在夜里放蕊。花儿分根了，一棵分为数棵，就赠给朋友们一些；看着友人拿走自己的劳动果实，心里自然特别喜欢。

当然，也有伤心的时候，今年夏天就有这么一回。三百株菊秧还在地上（没到移入盆中的时候），下了暴雨。邻家的墙倒了下来，菊秧被砸死者约三十多种，一百多棵！全家都几天没有笑容！

有喜有忧，有笑有泪，有花有果，有香有色，既须劳动，又长见识，这就是养花的乐趣。

看　　花

朱自清

>>>

生长在大江北岸一个城市里，那儿的园林本是著名的，但近来却很少；似乎自幼就不曾听见过“我们今天看花去”一类话，可见花事是不盛的。有些爱花的人，大都只是将花栽在盆里，一盆盆搁在架上；架子横放在院子里。院子照例是小小的，只够放下一个架子；架上至多搁二十多盆花罢了。有时院子里依墙筑起一座“花台”，台上种一株开花的树；也有在院子里地上种的。但这只是普通的点缀，不算是爱花。

家里人似乎都不甚爱花；父亲只在领我们上街时，偶然和我们到“花房”里去过一两回。但我们住过一所房子，有一座小花园，是房东家的。那里有树，有花架（大约是紫藤花架之类），但我当时还小，不知道那些花木的名字；只记得爬在墙上的是蔷薇而已。园中还有一座太湖石堆成的洞门；现在想来，似乎也还好的。在那时由一个顽皮的少年仆人领了我去，却只知道跑来跑去捉蝴蝶；有时掐下几朵花，也只是随意拨弄着，随意丢弃了。至于领略花的趣味，那是以后的事。夏天的早晨，我们那地方有乡下的姑娘在各处街巷，沿门叫着，“卖栀子花来。”栀子花不是什么高品，但我喜欢那白而晕黄的颜色和那肥肥的个儿，正和那些卖花的姑娘有着相似的韵味。栀子花的香，浓而不烈，清而不淡，也是我乐意的。我这样便爱起花来了。也许有人会问，“你爱的不是花吧？”这个我自己其实也已不大弄得清楚，只好存而不论了。

在高小的一个春天，有人提议到城外F寺里吃桃子去，而且预备白吃；不让吃就闹一场，甚至打一架也不在乎。那时虽远在五四运动以前，但我们那里的中学生却常有打进戏园看白戏的事。中学生能白看戏，小学生为什么不能白吃桃子呢？我们都这样想，便由那提议人纠合了十几个同学，浩浩荡荡地向城外而去。到了F寺，气势不凡地呵叱着道人们（我们称寺里的工人为道人），立刻领我们向桃园里去。道人们踌躇着说："现在桃树刚才开花呢。"但是谁信道人们的话？我们终于到了桃园里。大家都丧了气，原来花是真开着呢！这时提议人P君便去折花。道人们是一直步步跟着的，立刻上前劝阻，而且用起手来。但P君是我们中最不好惹的，"说时迟，那时快"，一眨眼，花在他的手里，道人已跪在一旁了。那一园子的桃花，想来总该有些可看；我们却谁也没有想着去看。只嚷着，"没有桃子，得沏茶喝！"道人们满肚子委屈地引我们到"方丈"里，大家各喝一大杯茶。这才平了气，谈谈笑笑地进城去。大概我那时还只懂得爱一朵朵的栀子花，对于开在树上的桃花，是并不了然的；所以眼前的机会，便从眼前错过了。

以后渐渐念了些看花的诗，觉得看花颇有些意思。但到北平读了几年书，却只到过崇效寺一次；而去得又嫌早些，那有名的一株绿牡丹还未开呢。北平看花的事很盛，看花的地方也很多；但那时热闹的似乎也只有一班诗人名士，其余还是不相干的。那正是新文学运动的起头，我们这些少年，对于旧诗和那一班诗人名士，实在有些不敬；而看花的地方又都远不可言，我是一个懒人，便干脆地断了那条心了。后来到杭州做事，遇见了Y君，他是新诗人兼旧诗人，看花的兴致很好。我和他常到孤山去看梅花。孤山的梅花是古今有名的，但太少；又没有临水的，人也太多。有一回坐在放鹤亭上喝茶，来了一个方面有须，穿着花缎马褂的人，用湖南口音和人打招呼道，“梅花盛开嗒！”“盛”字说得特别重，使我吃了一惊；但我吃惊的也只是说在他嘴里“盛”这个声音罢了，花的盛不盛，在我倒并没有什么的。

有一回，Y来说，灵峰寺有三百株梅花；寺在山里，去的人也少。我和Y，还有N君，从西湖边雇船到岳坟，从岳坟入山。曲曲折折走了好一会，又上了许多石级，才到山上寺里。寺甚小，梅花便在大殿西边园中。园也不大，东墙下有三间净室，最宜喝茶看花；北边有座小山，山上有亭，大约叫“望海亭”吧，望海是未必，但钱塘江与西湖是看得见的。梅树确是不少，密密地低低地整列着。那时已是黄昏，寺里只我们三个游人；梅花并没有开，但那珍珠似的繁星似的骨朵儿，已经够可爱了；我们都觉得比孤山上盛开时有味。大殿上正做晚课，送来梵呗的声音，和着梅林中的暗香，真叫我们舍不得回去。在园里徘徊了一会，又在屋里坐了一会，天是黑定了，又没有月色，我们向庙里要了一个旧灯笼，照着下山。路上几乎迷了道，又两次三番地被狗咬；我们的Y诗人确有些窘了，但终于到了岳坟。船夫远远迎上来道：“你们来了，我想你们不会冤我呢！”在船上，我们还不离口地说着灵峰的梅花，直到湖边电灯光照到我们的眼。

Y回北平去了，我也到了白马湖。那边是乡下，只有沿湖与杨柳相间着种了一行小桃树，春天花发时，在风里娇媚地笑着。还有山里的杜鹃花也不少。这些日日在我们眼前，从没有人像煞有介事地提议，“我们看花去。”但有一位S君，却特别爱养花；他家里几乎是终年不离花的。我们上他家去，总看他在那里不是拿着剪刀修理枝叶，便是提着壶浇水。我们常乐意看着。他院子里一株紫薇花很好，我们在花旁喝酒，不知多少次。白马湖住了不过一年，我却传染了他那爱花的嗜好。但重到北平时，住在花事很盛的清华园里，接连过了三个春，却从未想到去看一回。只在第二年秋天，曾经和孙三先生在园里看过几次菊花。“清华园之菊”是著名的，孙三先生还特地写了一篇文，画了好些画。但那种一盆一干一花的养法，花是好了，总觉没有天然的风趣。直到去年春天，有了些余闲，在花开前，先向人问了些花的名字。一个好朋友是从知道姓名起的，我想看花也正是如此。恰好Y君也常来园中，我们一天三四趟地到那些花下去徘徊。今年Y君忙些，我便一个人去。我爱繁花老干的杏，临风婀娜的小红桃，贴梗累累如珠的紫荆；但最恋恋的是西府海棠。海棠的花繁得好，也淡得好；艳极了，却没有一丝荡意。疏疏的高干子，英气隐隐逼人。可惜没有趁着月色看过；王鹏运有两句词道：“只愁淡月朦胧影，难验微波上下潮。”我想月下的海棠花，大约便是这种光景吧。为了海棠，前两天在城里特地冒了大风到中山公园去，看花的人倒也不少；但不知怎的，却忘了畿辅先哲祠。Y告诉我那里的一株，遮住了大半个院子；别处的都向上长，这一株却是横里伸张的。花的繁没有法说；海棠本无香，昔人常以为恨，这里花太繁了，却酝酿出一种淡淡的香气，使人久闻不倦。Y告我，正是刮了一日还不息的狂风的晚上；他是前一天去的。他说他去时地上已有落花了，这一日一夜的风，准完了。他说北平看花，是要赶着看的：春光太短了，又晴的日子多；今年算是有阴的日子了，但狂风还是逃不了的。我说北平看花，比别处有意思，也正在此。这时候，我似乎不甚菲薄那一班诗人名士了。

小麻雀

老　舍

>>>

雨后，院里来了个麻雀，刚长全了羽毛。它在院里跳，有时飞一下，不过是由地上飞到花盆沿上，或由花盆上飞下来。看它这么飞了两三次，我看出来：它并不会飞得再高一些，它的左翅的几根长翎拧在一处，有一根特别的长，似乎要脱落下来。我试着往前凑，它跳一跳，可是又停住，看着我，小黑豆眼带出点要亲近我又不完全信任的神气。我想到了：这是个熟鸟，也许是自幼便养在笼中的。所以它不十分怕人。可是它的左翅也许是被养着它的或别个孩子给扯坏，所以它爱人，又不完全信任。想到这个，我忽然的很难过。

一个飞禽失去翅膀是多么可怜。这个小鸟离了人恐怕不会活，可是人又那么狠心，伤了它的翎羽。它被人毁坏了，而还想依靠人，多么可怜！它的眼带出进退为难的神情，虽然只是那么个小而不美的小鸟，它的举动与表情可露出极大的委屈与为难。它是要保全它那点生命，而不晓得如何是好。对它自己与人都没有信心，而又愿找到些倚靠。它跳一跳，停一停，看着我，又不敢过来。我想拿几个饭粒诱它前来，又不敢离开，我怕小猫来扑它。可是小猫并没在院里，我很快的跑进厨房，抓来了几个饭粒。及至我回来，小鸟已不见了。我向外院跑去，小猫在影壁前的花盆旁蹲着呢。我忙去驱逐它，它只一扑，把小鸟擒住！被人养惯的小麻雀，连挣扎都不会，尾与爪在猫嘴旁搭拉着，和死去差不多。

瞧着小鸟，猫一头跑进厨房，又一头跑到西屋。我不敢紧追，怕它更咬紧了可又不能不追。虽然看不见小鸟的头部，我还没忘了那个眼神。那个预知生命危险的眼神。那个眼神与我的好心中间隔着一只小白猫。来回跑了几次，我不追了。追上也没用了，我想，小鸟至少已半死了。猫又进了厨房，我愣了一会儿，赶紧的又追了去；那两个黑豆眼仿佛在我心内睁着呢。

进了厨房，猫在一条铁筒——冬天升火通烟用的，春天拆下来便放在厨房的墙角旁——蹲着呢。小鸟已不见了。铁筒的下端未完全扣在地上，开着一个不小的缝儿，小猫用脚往里探。我的希望回来了，小鸟没死。小猫本来才四个来月大，还没捉住过老鼠，或者还不会杀生，只是叼着小鸟玩一玩。正在这么想，小鸟，忽然出来了，猫倒像吓了一跳，往后躲了躲。小鸟的样子，我一眼便看清了，登时使我要闭上了眼。小鸟几乎是蹲着，胸离地很近，像人害肚痛蹲在地上那样。它身上并没血。身子可似乎是蜷在一块，非常的短。头低着，小嘴指着地。那两个黑眼珠，非常的黑，非常的大，不看什么，就那么顶黑顶大的愣着。它只有那么一点活气，都在眼里，像是等着猫再扑它，它没力量反抗或逃避；又像是等着猫赦免了它，或是来个救星。生与死都在这俩眼里，而并不是清醒的。它是糊涂了，昏迷了；不然为什么由铁筒中出来呢？可是，虽然昏迷，到底有那么一点说不清的、生命根源的希望。这个希望使它注视着地上，等着，等着生或死。它怕得非常的忠诚，完全把自己交给了一线的希望，一点也不动。像把生命要从两眼中流出，它不叫也不动。

小猫没再扑它，只试着用小脚碰它。它随着击碰倾侧，头不动，眼不动，还呆呆地注视着地上。但求它能活着，它就绝不反抗。可是并非全无勇气，它是在猫的面前不动！我轻轻的过去，把猫抓住。将猫放在门外，小鸟还没动。我双手把它捧起来。它确是没受了多大的伤，虽然胸上落了点毛。它看了我一眼！

我没主意：把它放了吧，它准是死？养着它吧，家中没有笼子。我捧着它好像世上一切生命都在我的掌中似的，我不知怎样好。小鸟不动，蜷着身，两眼还那么黑，等着！愣了好久，我把它捧到卧室里，放在桌子上，看着它，它又愣了半天，忽然头向左右歪了歪，用它的黑眼睁了一下；又不动了，可是身子长出来一些，还低头看着，似乎明白了点什么。

岳阳楼

叶　紫

>>>

诸事完毕了，我和另一个同伴由车站雇了两部洋车，拉到我们一向所景慕的岳阳楼下。

然而不巧得很，岳阳楼上恰恰驻了大兵，“游人免进”。我们只得由一个车夫的指引，跨上那岳阳楼隔壁的一座茶楼，算是作为临时的替代。

心里总有几分不甘。茶博士送上两碗顶上等的君山茶，我们接着没有回话。之后才由我那同伴发出来一个这样的议论：“‘不入虎穴，焉得虎子！’我们不如和那里面的驻兵去交涉交涉！”

由茶楼的侧门穿过去就是岳阳楼。我们很谦恭地向驻兵们说了很多好话，结果是：不行！

心里更加不乐，不乐中间还带了一些儿愤慨的成分，闷闷地然而又发不出脾气来。这时候我们只好站在城楼边，顺着茶博士的手所指着的方向，像看电影画面里的远景似的，概略地去领略了一点儿“古迹”的皮毛。我们知道了那兵舍的背面有一块很大的木板，木板上刻着的字儿就是传诵千古的《岳阳楼记》。我们知道了那悬着一块“官长室”的小牌儿的楼上就是岳阳楼。那里面还有很多很多古今名人的匾额，那里面还有纯阳祖师的圣像和白鹤童子的仙颜，那里面还有——据说是很多很多，可是我们一样都不能看到。

“何必呢？”我的同伴有点不耐烦了，“既然逛不痛快，倒不如回到茶楼上去看看山水为佳！”

我点了点头。茶博士这才笑嘻嘻地替我们换上两壶热茶，又加上点心和瓜子，把座位移近到茶楼边上。

湖，的确是太美丽了：淡绿微漪的秋水，辽阔的天际，再加上那远远竖立在水面的君山，一望简直可以连人们的俗气都洗个干净。小艇儿鸭子似的浮荡着，像没有主宰，楼下穿织着的渔船，远帆的隐没，处处都欲把人们吸入到图画里去似的。我不禁兴高采烈起来了：“啊啊，难怪诗人们都要做山林隐士，要是我也能在这里做一个优游水上的渔民，那才安逸啊。”回头，我望着茶博士羡慕似的笑道：

“喂！你们才快活啦！”

“快活？先生？”茶博士莫名其妙地吃了一惊，苦笑着。

“是呀！这样明媚的湖山，你们还不快活吗？”

“快活！先生，唉！……”茶博士又愁着脸儿摇了摇头，半晌没有下文回答。

我的心中却有点儿生气了。也许是这家伙故意来扫我的兴的吧，不由的追问了他一句：“为什么不快活呢？”

“唉！先生，依你看也许是快活的啊！……”

“为什么呢？”

“这年头，唉！先生，你不知道呢！”茶博士走近前来，“光是这岳阳楼下，唉！不像从前了啊！先生，你看那个地方就差不多每天都有人来上吊的！”他指那悬挂在城楼边的那一根横木。“三更半夜，驾着小船儿，轻轻靠到那下面，用一根绳子……唉！一年到头不知道有多少啊！还有跳水的，……”

“为什么呢？”

“为什么！先生，吃的、穿的、天灾、水旱、兵，鱼和稻又卖不出钱，捐税又重！……”看他的样子像欲哭。

“那么，你为什么也不快活呢？”

“我，唉！先生，没有饭吃，跑来做堂倌，偏偏又遇着老板的生意不好！……”

“啊——”我长长地答了一声。

接着，他又告诉了我许多许多。他说：这岳阳楼的风水很多年前就坏了，现在已经不能够保佑岳州的人了，无论是种田、做生意、打鱼、开茶馆……没有一个能够享福赚钱的。纯阳祖师也不来了，到处都是死路了。湖里的强盗一天一天加多，来往的客商都不敢从这儿经过，尤其是游君山和游岳阳楼的，年来差不多快要绝踪。况且，两个地方都还驻扎着有军队……

我半晌没有回话。一盆冷水似的，把我的兴致都泼灭完了。我从隐士和渔民的幻梦里清醒过来，头不住地一阵阵往下面沉落！我低头再望望那根城楼上的横木，望望那些渔船，望望水，望望君山，我的眼睛会不知不觉地起着变化，变化得模里模糊起来，黑暗起来，美丽的湖山全部幻灭了。我不由的引起一种内心的惊悸！

之后，我催促着我的同伴快些会过账，像战场上的逃兵似的，我便首先爬下了茶楼，头也不回地，就找寻着原来的路道跑去。

一路上，我不敢再回想那茶博士所说的那些话。我觉得我非常庆幸，我还没有真正地做一个岳阳楼下的渔民。至少，在今天，我还能够比那班渔民们多苟安几日。

为什么读书

胡 适

>>>

青年会叫我在未离南方赴北方之前在这里谈谈，我很高兴，题目是“为什么要读书”。现在读书运动大会开始，青年会拣定了三个演讲题目。我看第二个题目“怎样读书”很有兴味，第三个题目“读什么书”更有兴味，第一个题目无法讲，“为什么要读书”，连小孩子都知道，讲起来很难为情，而且也讲不好。所以我今天讲这个题目，不免要侵犯其余两个题目的范围，不过我仍旧要为其余两位演讲的人留一些余地。现在我就把这个题目来试一下看。我从前也有过一次关于读书的演讲，后来我把那篇演讲录略事修改，编入三集文存里面，那篇文章题目叫作《读书》，其内容性质较近于第二个题目，诸位可以拿来参考。今天我就来试试“为什么要读书”这个题目。

从前有一位大哲学家（宋真宗——编者）做了一篇《读书乐》，说到读书的好处，他说：“书中自有千钟粟，书中自有黄金屋，书中自有颜如玉。”这意思就是说，读了书可以做大官，获厚禄，可以不至于住茅草房子，可以娶得年轻的漂亮太太（台下哄笑）。诸位听了笑起来，足见诸位对于这位哲学家所说的话不十分满意，现在我就讲所以要读书的别的原因。

为什么要读书？有三点可以讲：第一，因为书是过去已经知道的知识学问和经验的一种记录，我们读书便是要接受这人类的遗产；第二，为要读书而读书，读了书便可以多读书；第三，读书可以帮助我们解决困难，应付环境，并可获得思想材料的来源。我一踏进青年会的大门，就看见许多关于读书的标语。为什么读书大概诸位看了这些标语就都已知道了，现在我就把以上三点更详细地说一说。

第一，因为书是代表人类老祖宗传给我们的知识的遗产，我们接受了这遗产，以此为基础，可以继续发扬光大，更在这基础之上，建立更高深更伟大的知识。人类之所以与别的动物不同，就是因为人有语言文字，可以把知识传给别人，又传至后人，再加以印刷术的发明，许多书报便印了出来。人的脑很大，与猴不同，人能造出语言，后来更进一步而有文字，又能刻木刻字，所以人最大的贡献就是能累积过去的知识和经验，使后人可以节省很多脑力。非洲野蛮人在山野中遇见鹿，他们就画了一个人和一只鹿以代信，给后面的人叫他们勿追。但是把知识和经验遗给儿孙有什么用处呢？这是有用处的，因为这是前人很好的教训。现在学校里各种教科书，如物理、化学、历史等等，都是根据几千年来进步的知识编纂成书的，一年、两年，或者三年教完一科。自小学、中学，而至大学毕业，这十六年所受的教育，都是代表我们老祖宗几千年来得来的知识学问和经验，所谓进化，就是叫人节省劳力。蜜蜂虽能筑巢，能发明，但传下来就只有这一点知识，没有继续去改革改良，以应付环境，没有做格外进一步的工作。人呢，达不到目的，就再去求进步，而以前人的知识学问和经验做参考。如果每样东西，要个个人从头学起，而不去利用过去的知识，那不是太麻烦了吗？所以人有了这知识的遗产，就可以自己去成家立业，就可以缩短工作，使有余力做别的事。

第二点稍复杂，就是为读书而读书，为求过去的知识而读书。不错，知识可以从书本中得来，但读书不是那么容易的一件事情，不读书不能读书，要能读书才能多读书。好比戴了眼镜，小的可以放大，模糊的可以看得清楚，远的可以变近，所以读书要戴眼镜。不读书，学问不能进去，读书没有门径，学问也不能进去。曾子固说过，“经而已不足以致经”，所以他对于《本草纲目》、内经、小说，无所不读，这样对于经才可以明白一些，所谓“致已知而后读”，读书无非扩充知识而已。我十二岁时，各种小说都看得懂，到了三十年以后，再回头看，很多不懂。讲到《诗经》，从前以为讲的是男女爱情、文王后妃一类的事，从前是戴了一副黑眼镜去看，现在换了一副眼镜，觉得完全不同。现在才知道诗经和民间歌谣很有关系。对于民间歌谣的研究，近来很有进步，北平有歌谣周刊、歌谣丛书，关于各地歌谣收罗很广。我们如果能把歌谣的文章、社会学、人类学，研究一下，就可以知道幼稚时代的环境和生活很有趣味。例如《诗经》里有一段说：“白茅包之，有女怀春，吉士诱之。”在从前眼光看来，觉得完全讲不通，现在才知道当时野蛮人社会有一种风俗，就是男子向女子求婚，要打野兽送到女家，若不收，便是不答应。还有诗经里“窈窕淑女”一节，从比较民族学眼光看来，我们可以知道当时社会的人，吃饭时可以打鼓弹琴，丝毫没有受礼教的束缚。再从文法方面来观察，像《诗经》里“之子于归”“黄鸟于飞”“凤凰于飞”的“于”字，此外，《诗经》里又有几百个“维”字，这些都是有作用无意义的虚字，但以前的人却从未注意及此。所以书是越看越有意义，书越多读越能读书。再说在《墨子》一书里，差不多各种学问都有，像光学、力学、逻辑、算学、几何学上的圆和平行线，以及经济学上的购买力和货币，几乎什么都讲到了，但你要懂得光学，才能懂得墨子所说的光，你要懂得各种知识，才能懂得墨子。总之，读书是为了要读书，多读书更可以读书。最大的毛病就在怕读书，怕书难读。越难读的书我们越要征服它们，把它们作为我们的奴隶或向导。我们要打倒难读，这才是我们的“读书乐”，若是我们有了基础的科学知识，那么，我们在读书时便能左右逢源。我再说一遍，读书的目的在于读书，要读书越多才可以读书越多。

第三点，读书可以帮助解决困难，应付环境，供给思想材料，知识是思想材料的来源。思想可分作五步，思想的起源是大的疑问。吃饭拉屎不用想，但逢着三岔路口、十字街头那样的环境，就发生困难了。走东或是走西，这样做或是那样做，困难很多。病有各样的病，发烧、头痛，多得很。第二步要把问题弄清，困难弄清。第三步才想到如何解决。读书就是出主意，暗示，但主意很多，于是又逢着困难。主意多少要看学问多少。都采用也不行。第四步就是要选择一个假定的解决方法。要想到这一个方法能不能解决，若不能，那么，就换了一个，若能就行了。这好比开锁，这一个钥匙开不出就换了一个，假定是可以开的，那么，问题就解决了。第五步就是试验。凡是有条理的思想都要经过这五步，或是逃不了这五个阶段。科学家要解决问题，侦探要侦探案件，多经过这五步。第三步主意或暗示很多，若无主意，便无办法，没有主意，便不知道怎样办，这是因为知识不够，学力不足，经验不丰富，从来没有想到，所以到要解决问题时便没有材料。读书是过去知识学问经验的记录，而知识学问经验就是要用在这时候，所谓养军千日，用兵一朝。否则，学问一些都没有，遇到困难就要糊涂起来。例如达尔文把生物变迁现象研究了几十年，却想不出什么原则去解决，后来无意中看到马尔萨斯的《人口论》，说人口是按照几何学级数一倍一倍地增加，粮食是按照数学级数增加，达尔文研究了这原则，忽然触机，就把这原则应用到生物学上去，创了物竞天择的学说。譬如一条鱼可以产生二百万鱼子，这样，太平洋应该占满了，然而大鱼要吃小鱼，更大的鱼要吃大鱼，所以生物要适应环境才能生存。但按照经济学原则，达尔文主义是很没有条理的，而我们读书就是要解决这个困难。又譬如从前的人以为地球是世界的中心，后来天文学家哥白尼却主张太阳是世界的中心，绕着地球而行。据罗素说，哥白尼之所以这样的解说，是因为希腊人已经讲过这句话，哥白尼想到了这句话可以解决这问题，便采用了。假使希腊没有这句话，在六十几年之后恐怕没有人敢说这句话吧。

这就是读书的好处。像这样当初逢着困难后来得到解决的事很多，单说我个人就有许多。在我的书房里有一部小说叫作《醒世姻缘》，是西周生所著，自然用的是假名字，这是17、18世纪间的出品，印好在家藏了6年。这部小说讲到婚姻问题，其内容是这样：有个好老婆，不知何故，后来忽然变坏，作者没有提及解决方法，也没有想到可以离婚，只说是前世作孽，因为在前世男虐待女，女就投生换样子，压迫者变为被压迫者。这种前世作孽，起先相爱，后来忽变的故事，我仿佛什么地方看见过，后来在《聊斋》一书中见到一篇和这相类似的笔记，也是说到一个女子，起先怎样爱着她的丈夫，后来怎样变为凶太太，便想到这部小说大约是蒲留仙或是蒲留仙的朋友做的。去年我看到一本杂志，也说是蒲留仙做的，不过没有证据。今年我在北平，才找到了证据。这一件事可以解释刚才我所说的第二点，就是读书是为了要读书而读书，同时也可以解释第三点，就是读书可以供给出主意的来源。当初若是没有主意，到了逢着困难时便要手足无措，所以读书可以解决问题，就是军事、政治、财政、思想等问题，也都可以解决，这就是读书的用处。我有一位朋友，有一次傍着洋灯看小说，洋灯装有油，但是不亮，因为灯心短了。于是他想到《伊索寓言》里有一篇故事，说是一只老鸦要喝瓶中的水，因为瓶太小，得不到水，它就衔石投瓶中，水乃上来。这位朋友是懂得化学的，加水于灯中恐怕不亮，于是投以铜元，油乃碰到灯心。这是看《伊索寓言》给他的帮助。读书好像用兵，养兵求其能用，否则即使有十万、二十万的大兵也没有用处，有的时候还要兵变呢。

至于“读什么书”，下次陈中凡先生要讲演，今天我也附带地讲一讲。我从五岁起到了四十岁，读了三十五年的书。究竟有几部书应该读，我也曾经想过。其中有条理有系统的书可以说是还没有两三部，至于精心结构之作，二千五百年以来恐怕只有半打。譬如《老子》这部书，今天说一句“道可道”，明天又说一句“非常道”，没有一些系统。集是杂货店，史和子还是杂货店。至于《诗经》《礼记》《易经》也只有一点形式，讲到内容，可以说没有一些东西可以给我们改进道德增进知识的帮助的。中国书不够读乐趣，我们要另开生路，辟殖民地。读书要读到有乐而无苦。能做到这地步，书中便有无穷。希望大家不要怕读书，起初的确要查阅字典，但假使能下一年苦功，能把所读的书的内容句句分析清楚，这样的继续不断做去，那么，在一二年中定可开辟一个乐园，还只怕求知的欲望太大，来不及读呢。我总算是老大哥，今天我就根据我过去三十五年读书的经验，给你们这一个临别的忠告。

找书的快乐

胡　适

>>>

我不是藏书家，只不过是一个爱读书、能够用书的书生，自己买书的时候，总是先买工具书，然后才买本行书，换一行时，就得另外买一种书。今年我六十九岁了，还不知道自己的本行到底是那一门？是中国哲学呢？还是中国思想史？抑或是中国文学史？或者是中国小说史？《水经注》？中国佛教思想史？中国禅宗史？我所说的“本行”，其实就是我的兴趣，兴趣愈多就愈不能不收书了。十一年前我离开北平时，已经有一百箱的书，大约有一二万册。

离开北平以前的几小时，我曾经暗想着：我不是藏书家，但却是用书家。收集了这么多的书，舍弃了太可惜，带吧，因为坐飞机又带不了。结果只带了一些笔记，并且在那一二万册书中，挑选了一部书，作为对一二万册书的纪念，这一部书就是残本的《红楼梦》。四本只有十六回，这四本《红楼梦》可以说是世界上最老的抄本。收集了几十年的书，到末了只带了四本，等于当兵缴了械，我也变成一个没有棍子、没有猴子的变把戏的叫花子。

这十一年来，又蒙朋友送了我很多书，加上历年来自己新买的书，又把我现在住的地方堆满了，但是这都是些不相干的书，自己本行的书一本也没有。找资料还需要依靠中研院史语所的图书馆和别的图书馆，如台湾大学图书馆、“中央图书馆”等救急。

我这个用书的旧书生，一生找书的快乐固然有，但是找不到书的苦处也尝到过。民国九年（1920）七月，我开始写《水浒传考证》的时候，参考的材料只有金圣叹的七十一回本《水浒传》、《征四寇》及《水浒后传》等，至于《水浒传》的一百回本、一百一十回本、一百一十五回本、一百廿回本、一百廿四回本，还都没有看到。等我的《〈水浒传〉考证》问世的时候，日本才发现《水浒》的一百一十五回本及一百回本、一百一十回本及一百廿回本。同时我自己也找到了一百一十五回本及一百廿四回本。做考据工作，没有书是很可怜的。考证《红楼梦》的时候，大家知道的材料很多，普通所看到的《红楼梦》都是一百廿回本。这种一百廿回本并非真的《红楼梦》。曹雪芹四十多岁死去时，只写到八十回，后来由程伟元、高鹗合作，一个出钱，一个出力，完成了后四十回。乾隆五十六年的活字版排出了一百廿回的初版本，书前有程、高二人的《序文》，说：

> 世人都想看到《红楼梦》的全本，前八十回中黛玉未死，宝玉未娶，大家极想知道这本书的结局如何？但却无人找到全的《红楼梦》。近因程、高二人在一卖糖摊子上发现有一大卷旧书，细看之下，竟是世人遍寻无着的《红楼梦》后四十回，因此特加校订，与前八十回一并刊出。

可是天下这样巧的事很少，所以我猜想《序文》中的说法不可靠。

三十年前我考证《红楼梦》时，曾经提出两个问题，这是研究红学的人值得研究的：一、《红楼梦》的作者是谁？作者是怎样一个人？他的家世如何？家世传记有没有可考的资料？曹雪芹所写的那些繁华世界是有根据的吗？还是关着门自己胡诌乱说？二、《红楼梦》的版本问题，是八十回？还是一百廿回？后四十回是哪里来的？那时候有七八种《红楼梦》的考证，俞平伯、顾颉刚都帮我找过材料。最初发现乾隆五十七年（1792年）有程伟元序的乙本，其中并有高鹗的序文及引言七条，以后发现早一年出版的甲本，证明后四十回是高鹗所续，而由程伟元出钱活字刊印。又从其他许多材料里知道曹雪芹家为江南的织造世职，专为皇室纺织绸缎，供给宫内帝后、妃嫔及太子、王孙等穿戴，或者供皇帝赏赐臣下。

后来在清理故宫时，从康熙皇帝一秘密抽屉内发现若干文件，知道曹雪芹的祖父曹寅，等于皇帝派出的特务，负责察看民心年成，或是退休丞相的动态，由此可知曹家为阔绰大户。《红楼梦》中有一段说到王熙凤和李嬷嬷谈皇帝南巡，下榻贾家，可知是真的事实。以后我又经河南的一位张先生指点，找到杨钟羲的《雪桥诗话》及《八旗经文》，以及有关爱新觉罗宗室敦诚、敦敏的记载，知道曹雪芹名霑、号雪芹，是曹寅的孙子，接着又找到了《八旗人诗抄》《熙朝雅颂集》，找到敦诚、敦敏兄弟赐送曹雪芹的诗，又找到敦诚的《四松堂集》，是一本清抄未删底本，其中有挽曹雪芹的诗，内有“四十年华付杳冥”句，下款年月日为甲申（即乾隆甲申廿九年，西历1764年）。从这里可以知道曹雪芹去世的年代，他的年龄为四十岁左右。

民国十六年我从欧美返国，住在上海，有人写信告诉我，要卖一本《脂砚斋评石头记》给我，那时我以为自己的资料已经很多，未加理会。不久以后和徐志摩在上海办新月书店，那人又将书送来给我看，原来是甲戌年手抄再评本，虽然只有十六回，但却包括了很多重要史料。里面有“壬午除夕，书未成，芹为泪尽而逝。甲午八月泪笔”的句子，指出曹雪芹逝于乾隆廿七年冬，即西历一七六三年二月十二日。“字字看来皆是血，十年辛苦不寻常”诗句，充分描绘出曹雪芹写《红楼梦》时的情态。脂砚斋则可能是曹雪芹的太太或朋友。自从民国十七年二月我发表了《考证红楼梦的新材料》之后，大家才注意到《脂砚斋评本石头记》。不过，我后来又在民国廿二年从徐星署先生处借来一部庚辰秋定本脂砚斋四阅评过的《石头记》，是乾隆廿五年本，八十回，其中缺六十四、六十七两回。

谈《儒林外史》，推赞吴敬梓

现在再谈谈我对《儒林外史》的考证。《儒林外史》是部骂当时教育制度的书，批评政治制度中的科举制度。我起初发现的只有吴敬梓的《文木山房集》中的赋一卷（4篇），诗二卷（131首），词一卷（47首），拿这当作材料。但是在一百年前，我国的大诗人金和，他在跋《儒林外史》时，说他收有《文木山房集》，有文五卷。可是一般人都说《文木山房集》没有刻本，我不相信，便托人在北京的书店找，找了几年都没有结果，到了民国七年才在带经堂书店找到。我用这本集子参考安徽《全椒县志》，写成一本一万八千字的《吴敬梓年谱》，中国小说传记资料，没有一个能比这更多的，民国十四年我把这本书排印问世。

如果拿曹雪芹和吴敬梓二人作一个比较，我觉得曹雪芹的思想很平凡，而吴敬梓的思想则是超过当时的时代，有着强烈的反抗意识。吴敬梓在《儒林外史》里，严刻地批评教育制度，而且有他的较科学化的观念。

前面谈到的都是没有计划的找书，有计划的找书更是其乐无穷。所谓有计划的找书，便是用“大胆的假设，小心的求证”方法去找书。现在再拿我找神会和尚的事做例子，这是我有计划的找书。神会和尚是唐代禅宗七祖大师，我从《宋高僧传》的慧能和神会传里发现神会和尚的重要，当时便做了个大胆的假设，猜想有关神会和尚的资料只有日本和敦煌两地可以发现。因为唐朝时，日本派人来中国留学的很多，一定带回去不少史料。经过“小心的求证”，后来果然在日本找到宗密的《圆觉经大疏钞》和《禅源诸诠集》，另外又在巴黎的国家图书馆及伦敦的大英博物馆发现数卷神会和尚的资料。

知道神会和尚是湖北襄阳人，到洛阳、长安传播大乘佛法，并指陈当时的两京法祖三帝国师非禅宗嫡传，远在广东的六祖慧能才是真正禅宗一脉相传下来的。但是神会的这些指陈不为当时政府所取信，反而贬走神会。刚好那时发生安史之乱，唐玄宗远避四川，肃宗召郭子仪平乱，这时国家财政贫乏，军队饷银只好用度牒代替，如此必须要有一位高僧宣扬佛法令人乐于接受度牒。神会和尚就担任了这项推行度牒的任务。郭子仪收复两京（洛阳、长安），军饷的来源，不得不归功神会。安史之乱平了后，肃宗迎请神会入宫奉养，并且尊神会为禅宗七祖，所以神会是南宗的急先锋，北宗的毁灭者，新禅学的建立者，《坛经》的创作者，在中国佛教史上没有第二个人有这样伟大的功勋。我所研究编校的

《神会和尚遗集》可望在明年由“中央研究院历史语言研究所”出版。

最后，根据我个人几十年来找书的经验，发现我们过去的藏书的范围是偏狭的，过去收书的目标集中于收藏古董，小说之类绝不在藏书之列。但我们必须了解了解，真正收书的态度，是要无所不收的。

辑三

不浮躁，不纠结，不焦虑

播种者

缪崇群

>>>

秋汛已经退了，江的两岸露出宽阔的沙滩。靠近水边铺着一片平整的鹅卵石，稍远一些的地上，还留着一层酱黄色的淤积的泥土。

在沙和泥土的地上，有着蜿蜒的小鹿。天知道经过了多少来来往往的人们，才踏出了这么一两条静寂的行径。

山脚下小路和小路之间，经过一番耕犁，一番锄耘，已经形成了一片不规则而且颇有起伏的坡田了。隔不一箭远的地方，便有一个枯草的堆子；有的已经烧成一堆灰烬，有的还冒着一缕一缕的白烟，也渐渐地要变成灰烬了。这些灰烬，原来都是给未来的植物当作肥料用的。

我远远地望见地上有一个人。当我走近了她，才看出她是一个妇人。她的头上扎着一块布巾，左腋夹着一个袋子，轻轻地跨着顶小的步子，注视着地上每一个小小的土凹，向里面撒下几粒看不清的小小的种子。

我没有看见过最虔诚，最严肃，最沉默的工作者，能够比得上这个播种的人！她撒着种子也是种着她的希望，明年的春天和春天里的收成。

大地上任何的一个角落，只要有着希望的种子，便也会长起了生命的果树罢？

四位先生

老　舍

>>>

吴组缃先生的猪

从青木关到歌乐山一带，在我所认识的文友中要算吴组缃先生最为阔绰。他养着一口小花猪。据说，这小动物的身价，值六百元。

每次我去访组缃先生，必附带的向小花猪致敬，因为我与组缃先生核计过了：假若他与我共同登广告卖身，大概也不会有人出六百元来买!

有一天，我又到吴宅去。给小江——组缃先生的少爷——买了几个比醋还酸的桃子。拿着点东西，好搭讪着骗顿饭吃，否则就大不好意思了。一进门，我看见吴太太的脸比晚日还红。我心里一想，便想到了小花猪。假若小花猪丢了，或是出了别的毛病，组缃先生的阔绰便马上不存在了！一打听，果然是为了小花猪：它已绝食一天了。我很着急，急中生智，主张给它点奎宁吃，恐怕是打摆子。大家都不赞同我的主张。我又建议把它抱到床上盖上被子睡一觉，出点汗也许就好了；焉知道不是感冒呢？这年月的猪比人还娇贵呀！大家还是不赞成。后来，把猪医生请来了。我颇兴奋，要看看猪怎么吃药。猪医生把一些草药包在竹筒的大厚皮儿里，使小花猪横衔着，两头向后束在脖子上：这样，药味与药汁便慢慢走入里边去。把药包儿束好，小花猪的口中好像生了两个翅膀，倒并不难看。

虽然吴宅有此骚动，我还是在那里吃了午饭——自然稍微的有点不得劲儿！

过了两天，我又去看小花猪——这回是专程探病，绝不为看别人；我知道现在猪的价值有多大——小花猪口中已无那个药包，而且也吃点东西了。大家都很高兴，我就又就棍打腿的骗了顿饭吃，并且提出声明：到冬天，得分给我几斤腊肉；组缃先生与太太没加任何考虑便答应了。吴太太说："几斤？十斤也行！想想看，那天它要是一病不起……"大家听罢，都出了冷汗！

马宗融先生的时间观念

马宗融先生的表大概是——我想是一个装饰品。无论约他开会，还是吃饭，他总迟到一个多钟头，他的表并不慢。

来重庆，他多半是住在白象街的作家书屋。有的说也罢，没的说也罢，他总要谈到夜里两三点钟。假若不是别人都困得不出一声了，他还想不起上床去。有人陪着他谈，他能一直坐到第二天夜里两点钟。表、月亮、太阳，都不能引起他注意到时间。

比如说吧，下午三点他须到观音岩去开会，到两点半他还毫无动静。"宗融兄，不是三点，有会吗？该走了吧？"有人这样提醒他，他马上去戴上帽子，提起那有茶碗口粗的木棒，向外走。"七点吃饭。早回来呀！"大家告诉他。他回答声"一定回来"，便匆匆地走出去。

到三点的时候，你若出去，你会看见马宗融先生在门口与一位老太婆，或是两个小学生，谈话儿呢！即使不是这样，他在五点以前也不会走到观音岩。路上每遇到一位熟人，便要谈，至少有十分钟的话。若遇上打架吵嘴的，他得过去解劝，还许把别人劝开，而他与另一位劝架的打起来！遇上某处起火，他得帮着去救。有人追赶扒手，他必然得加入，非捉到不可。看见某种新东西，他得过去问问价钱，不管买与不买。看到戏报子，马上他去借电话，问还有票没有……这样，他从白象街到观音岩，可以走一天，幸而他记得开会那件事，所以只走两三个钟头，到了开会的地方，即使大家已经散了会，他也得坐两点钟，他跟谁都谈得来，都谈得有趣，很亲切，很细腻。有人刚买一条绳子，他马上拿过来练习跳绳——五十岁了啊！

七点，他想起来回白象街吃饭，归路上，又照样的劝架，救人，追贼，问物价，打电话……至早，他在八点半左右走到目的地。满头大汗，三步当作两步走的。他走了进来，饭早已开过了。

所以，我们与友人定约会的时候，若说随便什么时间，早晨也好，晚上也好，反正我一天不出门，你哪时来也可以，我们便说“马宗融的时间吧”！

姚蓬子先生的砚台

作家书屋是个神秘的地方，不信你交到那里一份文稿，而三五日后再亲自去索回，你就必定不说我扯谎了。

进到书屋，十之八九你找不到书屋的主人——姚蓬子先生。他不定在哪里藏着呢。他的被褥是稿子，他的枕头是稿子，他的桌上、椅上、窗台上……全是稿子。

简单地说吧，他被稿子埋起来了。当你要稿子的时候，你可以看见一个奇迹。假如说尊稿是十张纸写的吧，书屋主人会由枕头底下翻出两张，由裤袋里掏出三张，书架里找出两张，窗子上揭下一张，还欠两张。你别忙，他会由老鼠洞里拉出那两张，一点也不少。

单说蓬子先生的那块砚台，也足够惊人了！那是块无法形容的石砚。不圆不方，有许多角儿，有任何角度。有一点沿儿，豁口甚多，底子最奇，四周翘起，中间的一点凸出，如元宝之背，它会像陀螺似的在桌子上乱转，还会一头高一头低地倾斜，如浪中之船。我老以为孙悟空就是由这块石头跳出去的！

到磨墨的时候，它会由桌子这一端滚到那一端，而且响如快跑的马车。我每晚十时必就寝，而对门儿书屋的主人要办事办到天亮。从十时到天亮，他至少研十次墨，一次比一次响——到夜最静的时候，大概连南岸都感到一点震动。从我到白象街起，我没做过一个好梦，刚一入梦，砚台来了一阵雷雨，梦为之断。在夏天，砚一响，我就起来拿臭虫。冬天可就不好办，只好咳嗽几声，使之闻之。

现在，我已交给作家书屋一本书，等到出版，我必定破费几十元，送给书屋主人一块平底的、不出声的砚台！

何容先生的戒烟

首先要声明：这里所说的烟是香烟，不是鸦片。

从武汉到重庆，我老同何容先生在一间屋子里，一直到前年八月间。在武汉的时候，我们都吸“大前门”或“使馆”牌；小大“英”似乎都不够味儿。到了重庆，小大“英”似乎变了质，越来越“够味儿了”，“前门”与“使馆”倒仿佛没了什么意思。慢慢的，“刀”牌与“哈德门”又变成我们的朋友，而与小大“英”，不管是谁的主动吧，好像冷淡得日悬一日，不久，“刀”牌与“哈德门”又与我们发生了意见，差不多要绝交的样子。何容先生就决心戒烟！

在他戒烟之前，我已声明过：“先上吊。后戒烟！”本来吗，“弃妇抛雏”地流亡在外，吃不敢进大三元，喝么也不过是清一色（黄酒贵，只好吃点白干），女友不敢去交，男友一律是穷光蛋，住是二人一室，睡是臭虫满床，再不吸两支香烟，还活着干吗？可是，一看何容先生戒烟，我到底受了感动，既觉自己无勇，又钦佩他的伟大；所以，他在屋里，我几乎不敢动手取烟，以免动摇他的坚决！

何容先生那天睡了十六个钟头，一支烟没吸！醒来，已是黄昏，他便独自走出去。我没敢陪他出去，怕不留神递给他一支烟，破了戒！掌灯之后，他回来了，满面红光，含着笑，从口袋中掏出一包土产卷烟来。“你尝尝这个，”他客气地让我，“才一个铜板一支！有这个，似乎就不必戒烟了！没有必要！”把烟接过来，我没敢说什么，怕伤了他的尊严。面对面的，把烟燃上，我俩细细地欣赏。头一口就惊人，冒的是黄烟，我以为他误把爆竹买来了！听了一会儿，还好，并没有爆炸，就放胆继续地吸。吸了不到四五口，我看见蚊子都争着向外边飞，我很高兴。既吸烟，又驱蚊，太可贵了！再吸几口之后，墙上又发现了臭虫，大概也要搬家，我更高兴了！吸到了半支，何容先生与我也都跑出去了，他低声地说：“看样子，还得戒烟！”

何容先生二次戒烟，有半天之久。当天的下午，他买来了烟斗与烟叶。“几毛钱的烟叶，够吃三四天的，何必一定戒烟呢！”他说。吸了几天的烟斗，他发现了：（一）不便携带；（二）不用力，抽不到；用力，烟油射在舌头上；（三）费洋火；（四）须天天收拾，麻烦！有此四弊，他就戒烟斗，而又吸上香烟了。“始作卷烟者。其无后乎！”他说。

最近二年，何容先生不知戒了多少次烟了，而指头上始终是黄的。

半日的游程

郁达夫

>>>

去年有一天秋晴的午后，我因为天气实在好不过，所以就搁下了当时正在赶着写的一篇短篇的笔，从湖上坐汽车驰上了江干。在儿时习熟的海月桥、花牌楼等处闲走了一阵，看看青天，看看江岸，觉得一个人有点寂寞起来了，索性就朝西直上，一口气便走到了二十几年前曾在那里度过半年学生生活的之江大学的山中。二十年的时间的印迹，居然处处都显示了面形：从前的一片荒山，几条泥路，与夫乱石幽溪，草房藩溷，现在都看不见了。尤其要使人感觉到我老何堪的，是在山道两旁的那一排青青的不凋冬树；当时只同豆苗似的几根小小的树秧，现在竟长成了可以遮蔽风雨、可以掩障烈日的长林。不消说，山腰的平处，这里那里，一所所的轻巧而经济的住宅，也添造了许多；像在画里似的附近山川的大致，虽仍依阳，但校址的周围，变化却竟簇生了不少。第一，从前在大礼堂前的那一丝空地，本来是下临绝谷的半边山道，现在却已将面前的深谷填平，变成了一大球场。大礼堂西北的略高之处，本来足有几枝被朔风摧折得弯腰屈背的老树孤立在那里的，现在却建筑起了三层的图书文库了。二十年的岁月！三千六百日的两倍的七千二百的日子！以这一短短的时节，来比起天地的悠长来，原不过是像白驹的过隙，但是时间的威力，究竟是绝对的暴君，曾日月之几何，我这一个本在这些荒山野径里驰骋过的毛头小子，现在也竟垂垂老了。

一路上走着看着，又微微地叹着，自山的脚下，走上中腰，我竟费去了三十来分钟的时刻。半山里是一排教员的住宅，我的此来，原因为在湖上在江干孤独得怕了，想来找一位既是同乡，又是同学，而自美国回来之后就在这母校里服务的胡君，和他来谈谈过去，赏赏清秋，并且也可以由他这里来探到一点故乡的消息的。

两个人本来是上下年纪的小学校的同学，虽然在这二十几年中见面的机会不多，但或当暑假，或在异乡，偶尔通着的时候，却也有一段不能自已的柔情，油然会生起在各个的胸中。我的这一回的突然的袭击，原也不过是想使他惊骇一下，用以加增加增亲热的效力的企图；升堂一见，他果然是被我骇倒了。

“哦！真难得！你是几时上杭州来的？”他惊笑着问我。

“来了已经多日了，我因为想静静儿地写一点东西，所以朋友们都还没有去看过。今天实在天气太好了，在家里坐不住，因而一口气就跑到了这里。”

“好极！好极！我也正在打算出去走走，就同你一道上溪口去吃茶去罢，沿钱塘江到溪口去的一路的风景，实在是不错！”

沿溪入谷，在风和日暖，山近天高的田塍道上，二人慢慢地走着，谈着，走到九溪十八涧的口上的时候，太阳已经斜到了去山不过丈来高的地位了。在溪房的石条上坐落，等茶庄里的老翁去起茶煮水的中间，向青翠还像初春似的四山一看，我的心坎里不知怎么，竟充满了一股说不出的飒爽的清气。两人在路上，说话原已经说得很多了，所以一到茶庄，都不想再说下去，只瞪目坐着，在看四周的山和脚下的水，忽而嘘朔朔朔的一声，在半天里，晴空中一只飞鹰，像霹雳似的叫过了，两山的回音，更缭绕地震动了许多时。我们两人头也不仰起来，只竖起耳朵，在静听着这鹰声的响过。回响过后，两人不期而遇的将视线凑集了拢来，更同时破颜发了一脸微笑，也同时不谋而合的叫了出来说："真静啊！"

"真静啊！"

等老翁将一壶茶搬来，也在我们边上的石条上坐下，和我们攀谈了几句之后，我才开始问他说："久住在这样寂静的山中，山前山后，一个人也没有得看见，你们倒也不觉得怕的么？"

"怕啥东西？我们又没有龙连（钱），强盗绑匪，难道肯到孤老院里来讨饭吃的么？并且春三二月，外国清明，这里的游客，一天也有好几千。冷清的，就只不过这几个月。"

我们一面喝着清茶，一面只在贪味着这阴森得同太古似的山中的寂静，不知不觉，竟把摆在桌上的四碟糕点都吃完了，老翁看了我们的食欲的旺盛，就又推荐着他们自造的西湖藕粉和桂花糖说："我们的出品，非但在本省口碑载道，就是外省，也常有信来邮购的，两位先生冲一碗尝尝看如何？"

大约是山中的清气，和十几里路的步行的结果罢，那一碗看起来似鼻涕，吃起来似泥沙的藕粉，竟使我们嚼出了一种意外的鲜味。等那壶龙井芽茶，冲得已无茶味，而我身边带着的一封绞盘牌也只剩了两枝的时节，觉得今天是行得特别快的那轮秋日，早就在西面的峰旁躲去了。谷里虽掩下了一天阴影，而对面东首的山头，还映得金黄浅碧，似乎是山灵在预备去赴夜宴而铺陈着浓装的样子。我昂起了头，正在赏玩着这一幅以青天为背景的夕照的秋山，忽所见耳旁的老翁以富有抑扬的杭州土音计算着账说："一茶，四碟，二粉，五千文！"

我真觉得这一串话是有诗意极了，就回头来叫了一声说：

"老先生！你是在对课呢？还是在做诗？"

他倒惊了起来，张圆了两眼呆视着问我：

"先生你说啥话语？"

"我说，你不是在对课么？三竺六桥，九溪十八涧，你不是对上了'一茶四碟，二粉五千文'了么？"

说到了这里，他才摇动着胡子，哈哈地大笑了起来，我们也一道笑了。付账起身，向右走上了去理安寺的那条石砌小路，我们俩在山嘴将转弯的时候，三人的呵呵呵呵的大笑的余音，似乎还在那寂静的山腰，寂静的溪口，作不绝如缕的回响。

九年的家乡义务教育（节选）

胡　适

>>>

我小时身体弱，不能跟着野蛮的孩子们一块儿玩。我母亲也不准我和他们乱跑乱跳。小时不曾养成活泼游戏的习惯，无论在什么地方，我总是文绉绉的。所以家乡老辈都说我“像个先生样子”，遂叫我做“穈先生”。这个绰号叫出去之后，人都知道三先生的小儿子叫作穈先生了。既有“先生”之名，我不能不装出点“先生”样子，更不能跟着顽童们“野”了。有一天，我在我家八字门口和一班孩子“掷铜钱”，一位老辈走过，见了我，笑道：“穈先生也掷铜钱吗？”我听了羞愧的面红耳热，觉得大失了“先生”的身份！

大人们鼓励我装先生样子，我也没有嬉戏的能力和习惯，又因为我确是喜欢看书，所以我一生可算是不曾享过儿童游戏的生活。每年秋天，我的庶祖母同我到田里去“监割”（顶好的田，水旱无忧，收成最好，佃户每约田主来监割，打下谷子，两家平分），我总是坐在小树下看小说。十一二岁时，我稍活泼一点，居然和一群同学组织了一个戏剧班，做了一些木刀竹枪，借得了几副假胡须，就在村田里做戏。我做的往往是诸葛亮、刘备一类的文角儿；只有一次我做史文恭，被花荣一箭从椅子上射倒下去，这算是我最活泼的玩意儿了。

我在这九年（1985—1904）之中，只学得了读书写字两件事。在文字和思想的方面，不能不算是打了一点底子。但别的方面都没有发展的机会。有一次我们村里“当朋”（八都凡五村，称为“五朋”，每年一村轮着做太子会，名为“当朋”）筹备太子会，有人提议要派我加入前村的昆腔队里学习吹笙或吹笛。族里长辈反对，说我年纪太小，不能跟着太子会走遍五朋。于是我失掉了这学习音乐的唯一机会。三十年来，我不曾拿过乐器，也全不懂音乐，究竟我有没有一点学音乐的天资，我至今还不知道。至于学图画，更是不可能的事。我常常用竹纸蒙在小说的石印绘像上，摹画书上的英雄美人。有一天，被先生看见了，挨了一顿大骂，抽屉里的图画都被搜出撕毁了。于是我又失掉了学做画家的机会。

但这九年的生活，除了读书看书之外，究竟给了我一点做人的训练。在这一点上，我的恩师就是我的慈母。

每天天刚亮时，我母亲就把我喊醒，叫我披衣坐起。我从不知道她醒来坐了多久了。她看我清醒了，才对我说昨天我做错了什么事，说错了什么话，要我认错，要我用功读书。有时候她对我说父亲的种种好处，她说："你总要踏上你老子的脚步。我一生只晓得这一个完全的人，你要学他，不要跌他的股。"（跌股便是丢脸，出丑。）她说到伤心处，往往掉下泪来。到天大明时，她才把我的衣服穿好，催我去上早学。学堂门上的锁匙放在先生家里；我先到学堂门口一望，便跑到先生家里去敲门。先生家里有人把锁匙从门缝里递出来，我拿了跑回去，开了门，坐下念生书。十天之中，总有八九天我是第一个去开学堂门的。等到先生来了，我背了生书，才回家吃早饭。

我母亲管束我最严，她是慈母兼任严父。但她从来不在别人面前骂我一句，打我一下。我做错了事，她只对我一望，我看见了她的严厉眼光，就吓住了。犯的事小，她等到第二天早晨我眠醒时才教训我。犯的事大，她等到晚上人静时，关了房门，先责备我，然后行罚，或跪罚，或拧我的肉。无论怎样重罚，总不许我哭出声来。她教训儿子不是借此出气叫别人听的。

有一个初秋的傍晚，我吃了晚饭，在门口玩，身上只穿着一件单背心。这时候我母亲的妹子玉英姨母在我家住，她怕我冷了，拿了一件小衫出来叫我穿上。我不肯穿，她说："穿上吧，凉了。"我随口回答："娘（凉）什么！老子都不老子呀。"我刚说了这句话，一抬头，看见母亲从家里走出，我赶快把小衫穿上。但她已听见这句轻薄的话了。晚上人静后，她罚我跪下，重重的责罚了一顿。她说："你没了老子，是多么得意的事！好用来说嘴！"她气得坐着发抖，也不许我上床去睡。我跪着哭，用手擦眼泪，不知擦进了什么微菌，后来足足害了一年多的眼翳病。医来医去，总医不好。我母亲心里又悔又急，听说眼翳可以用舌头舔去，有一夜她把我叫醒，她真用舌头舔我的病眼。这是我的严师，我的慈母。

我母亲二十三岁做了寡妇，又是当家的后母。这种生活的痛苦，我的笨笔写不出一万分之一二。家中财政本不宽裕，全靠二哥在上海经营调度。大哥从小就是败子，吸鸦片烟，赌博，钱到手就光，光了就回家打主意，见了香炉就拿出去卖，捞着锡茶壶就拿出去押。我母亲几次邀了本家长辈来，给他定下每月用费的数目。但他总不够用，到处都欠下烟债赌债。每年除夕我家中总有一大群讨债的，每人一盏灯笼，坐在大厅上不肯去。大哥早已避出去了。大厅的两排椅子上满满的都是灯笼和债主。我母亲走进走出，料理年夜饭，谢灶神，压岁钱等事，只当作不曾看见这一群人。到了近半夜，快要“封门”了，我母亲才走后门出去，央一位邻舍本家到我家来，每一家债户开发一点钱。做好做歹的，这一群讨债的才一个一个提着灯笼走出去。一会儿，大哥敲门回来了。我母亲从不骂他一句。并且因为是新年，她脸上从不露出一点怒色。这样的过年，我过了六七次。

大嫂是个最无能而又最不懂事的人，二嫂是个很能干而气量很窄小的人。她们常常闹意见，只因为我母亲的和气榜样，她们还不曾有公然相骂相打的事。她们闹气时，只是不说话，不答话，把脸放下来，叫人难看；二嫂生气时，脸色变青，更是怕人。她们对我母亲闹气时，也是如此。我起初全不懂得这一套，后来也渐渐懂得看人的脸色了。我渐渐明白，世间最可厌恶的事莫如一张生气的脸；世间最下流的事莫如把生气的脸摆给旁人看。这比打骂还难受。

我母亲的气量大，性子好，又因为做了后母后婆，她更事事留心，事事格外容忍。大哥的女儿比我只小一岁，她的饮食衣料总是和我的一样。我和她有小争执，总是我吃亏，母亲总是责备我，要我事事让她。后来大嫂二嫂都生了儿子了，她们生气时便打骂孩子来出气，一面打，一面用尖刻有刺的话骂给别人听。我母亲只装作不听见。有时候，她实在忍不住了，便悄悄走出门去，或到左邻立大嫂家去坐一会，或走后门到后邻度嫂家去闲谈。她从不和两个嫂子吵一句嘴。

每个嫂子一生气，往往十天半个月不歇，天天走进走出，板着脸，咬着嘴，打骂小孩子出气。我母亲只忍耐着，忍到实在不可再忍的一天，她也有她的法子。这一天的天明时，她就不起床，轻轻的哭一场。她不骂一个人，只哭她的丈夫，哭她自己苦命，留不住她丈夫来照管她。她先哭时，声音很低，渐渐哭出声来。我醒了起来劝她，她不肯住。这时候，我总听见前堂（二嫂住前堂东房）或后堂（大嫂住后堂西房）有一扇房门开了，一个嫂子走出房向厨房走去。不多会，那位嫂子来敲我们的房门了。我开了房门，她走进来，捧着一碗热茶，送到我母亲床前，劝她止哭，请她喝口热茶。我母亲慢慢停住哭声，伸手接了茶碗。那位嫂子站着劝一会，才退出去。没有一句话提到什么人，也没有一个字提到这十天半个月来的气脸，然而各人心里明白，泡茶进来的嫂子总是那十天半个月来闹气的人。奇怪得很，这一哭之后，至少有一两个月的太平清静日子。

我母亲待人最仁慈，最温和，从来没有一句伤人感情的话。但她有时候也很有刚气，不受一点人格上的侮辱。我家五叔是个无正业的浪人，有一天在烟馆里发牢骚，说我母亲家中有事总请某人帮忙，大概总有什么好处给他。这句话传到了我母亲耳朵里，她气得大哭，请了几位本家来，把五叔喊来，她当面质问他她给了某人什么好处。直到五叔当众认错赔罪，她才罢休。

我在我母亲的教训之下住了九年，受了她的极大深刻的影响。我十四岁（其实只有十二岁零两三个月）就离开她了，在这广漠的人海里独自混了二十多年，没有一个人管束过我。如果我学得了一丝一毫的好脾气，如果我学得了一点点待人接物的和气，如果我能宽恕人，体谅人——我都得感谢我的慈母。

夜雨漂流的回忆

叶　紫

>>>

一、天心阁的小客栈里

十六年——一九二七——的冬月初十，因为父亲和姊姊的遭难，我单身从故乡流亡出来，到长沙天心阁侧面的一家小客栈中搭住了。那时我的心境的悲伤和愤慨，是很难形容得出来的。因为贪图便宜，客栈的主人便给了我一间非常阴暗的、潮霉的屋子。那屋子后面的窗门，靠着天心阁的城垣，终年不能望见一丝天空和日月。我一进去，就像埋在活的墓场中似的，一连埋了八个整天。

天老下着雨。因为不能出去，除吃饭外，我就只能终天地伴着一盏小洋油灯过日子。窗外的雨点，从古旧的城墙砖上滴下来，均匀地敲打着。狂风呼啸着，盘旋着，不时从城墙的狭巷里偷偷地爬进来，使室内更加增加了阴森、寒冷的气息。

一到夜间，我就几乎惊惧得不能成梦。我记得最厉害的是第七夜——那刚刚是我父亲死难的百日（也许还是什么其他的乡俗节气吧），通宵我都不曾合一合眼睛。我望着灯光的一跳一跳的火焰，听着隔壁的钟声，呼吸着那刺心的、阴寒的空气，心中战栗着！并且想着父亲和姊姊临难时的悲惨的情形，我不知道如何是好！……而尤其是——自己的路途呢？交岔着在我的面前的，应该走哪一条呢？……母亲呢？……其他的家中人又都飘流到什么地方去了呢？

窗外的狭巷中的风雨，趁着夜的沉静而更加疯狂起来。灯光从垂死的挣扎中摇晃着，放射着最后的一线光芒，而终于幻灭了！屋子里突然地伸手看不见自己的拳头。

我偷偷地爬起来了，摸着穿着鞋子，伤心地在黑暗中来回地走动着。一阵沙声的、战栗的夜的叫卖，夹杂于风雨声中，波传过来了。听着——那就像一种耐不住饥寒的凄苦的创痛的哀号一般。

“结——麻花——哪！……”

“油炸——豆——腐啊！……”

随后，我站着靠着床边，怀着一种哀怜的、焦灼的心情，听了一会。突然地，我的隔壁一家药店，又开始喧腾起来了！

时钟高声地敲了一下。

我不能忍耐地再躺将下来，横身将被窝蒙住着。我想，我或者已经得了病了。因为我的头痛得厉害，而且还看见屋子里有许多灿烂的金光！

隔壁的人声渐渐地由喧腾而鼎沸！钟声、风雨的呼声和夜的叫卖，都被他的喧声遮拦着。我打了一个翻身，闭上眼睛，耳朵便更加听得清楚了。

“拍！呜唉唉……呜唉唉……拍——拍……”

一种突然的鞭声和畜类的悲鸣将我惊悸着！我想，人们一定是在鞭赶一头畜生工作或进牢笼吧！然而我错了，那鞭声并不只一声两声，而悲鸣也渐渐地变成锐声的号叫！

黑暗的、阴森的空气，骤然紧张了起来。人们的粗暴而凶残地叫骂和鞭挞，骡子（那时候我不知道是怎样地确定那被打的是一头骡子）的垂死的挣扎和哀号，一阵阵的，都由风声中传开去。

全客栈的人们大都惊醒了，发出一种喃喃的梦呓似的骂詈。有的已经爬起来，不安地在室中来回地走动！……

我死死地用被窝包蒙着头颅很久很久，一直到这些声音都逐渐地消沉之后。于是，旧有的焦愁和悲愤，又都重新涌了上来。房子里——黑暗；外边——黑暗！骡子大概已经被他们鞭死了。而风雨却仍然在悲号，流眼泪！……我深深地感到：展开在我的面前的艰难的前路，就恰如这黑暗的怕人的长夜一般。马上，我就要变成——甚至还不如——一个饥寒无归宿的、深宵的叫卖者，或者一头无代价的牺牲的骡子。要是自己不马上振作起来，不迅速地提起向人生搏战的巨大的勇气——从这黑暗的长夜中冲锋出去，我将会得到一个怎样的结果呢？

父亲和姊姊临难时的悲惨的情形，又重新显现出来了。从窗外的狭巷的雨声之中，透过来了一丝丝黎明的光亮。我沉痛地咬着牙关地想，并且决定：

“天明，我就要离开这里——这黑暗的阴森的长夜！并且要提起更大的勇气来，搏战地，去踏上父亲和姊姊们曾经走过的艰难的棘途，去追寻和开拓那新的光明的路道！……”

二、在南京

一九二八年十月八日，船泊下关，已经是晚上九点多钟了。

抱了什么苦都愿意吃，什么祸都不怕的精神，提着一个小篮子，夹在人丛中间，挤到岸沿去。

马路上刮着一阵阵的旋风，细微的雨点扑打着街灯的黄黄的光线。两旁的店面有好些都已经关门安歇了。马车夫和东洋车夫不时从黑角落里发出一种冷得发哑了的招呼声。

我缩着头，跟着一大伙进城的东洋车和马车的背后，紧紧地奔跑着，因为我不识路，而且还听说过了十点钟就要关城门。我的鞋子很滑，跑起来常常使我失掉重心，而几乎跌倒。雨滴落到颈窝里，和汗珠融成一道，一直流到脊梁。我喘着气，并且全身都忍耐着一阵湿热的煎熬。

“站住！……到哪里去的？”

前面的马车和东洋车都在城门前停住了。斜地里闪出来一排肩着长枪的巡兵，对他们吆喝着。并且有一个走近来，用手电筒照一照我的篮子，问。

我慌着说：由湖南来，到城里去找同乡的。身边只有这只篮子……

马车和东洋车都通行了。我却足足地被他们盘问了十多分钟才放进去。

穿过黑暗的城门孔道，便是一条倾斜的马路。风刮得更加狂大起来，雨点已经湿透到我的胸襟上来了。因为初次到这里而且又无目的的缘故，我不能不在马路中间停一停，希图找寻一个可能暂时安歇的地方。篮子里只有十四个铜元了。我朝四围打望着：已经没有行人和开着的店面。路灯弯弯地没入在一团黑魆魆的树丛中。

我不禁低低地感叹着。

后面偶尔飞来一两乘汽车，溅得我满身泥秽。我只能随着灯光和大路，弯曲地，蹒跚地走着。渐渐地冷静得连路旁都看不见人家了。每一个转弯的阴暗的角落，都站着有掮枪的哨兵，他们将身手完全包藏在雨衣里，有几处哨兵是将我叫住了，盘问一通才放我走的。我从他们的口里得知了到热闹的街道，还有很多很多路。并且马上将宣布戒严，不能再让行人过了。

就在一个写着“三牌楼”的横牌的路口上，我被他们停止了前进和后退。马路的两旁都是浓密的竹林，被狂风和大雨扑打得嗡嗡地响。我的脚步一停顿，身子便冷到战栗起来！

“我怎么样呢？停在这里吗？朋友？……”我朝那个停止我前进的，包藏在雨衣里面的哨兵回问着。那哨兵朝背后的竹林中用一只手电筒指了一下。

“那中间……”他沙声地，好像并不是对着我似的说。“有一个茅棚子，你可以去歇一歇的。一到天明——当然，你便好走动了……”

我顺着他的电光，不安地、惶惧地钻进林子中间去，不十余步，便真有一个停放着几副棺材的茅棚子。路灯从竹林的空隙中，斜透过雨丝来，微微地闪映着，使我还能胆壮地分辨得棺材的位置和棚子的大小。

我走进去，从中就升起了一阵腐败的泥泞的气味。棚子已经有好几处破漏了。我靠着一口漆黑的棺木的旁边，战栗地解开我的湿淋淋的衣服。不知道怎样的，每当我害怕和饥寒到了极度的时候，心中倒反而泰然起来了。我从容地从篮子里取出一件还不曾浸湿的小棉衣来，将上身的短的湿衣更换着。

路灯从竹林和雨丝中间映出来层层的影幻。我将头微靠到棺材上。思想——一阵阵的伤心的思想，就好像一团生角的、多毛的东西似的，不住地只在我的心潮中翻来覆去：

“故乡！……黑暗的天空……风和雨！……父亲和姊姊的深沉的仇恨！……自家的苦难、光明的前路！……哨兵，手电，……棺材和那怕人的，不知名姓的尸身！……”

这一夜——苦难的伤心的一夜，我就从不曾微微地合一合眼睛，一直到竹林的背后，透过了一线淡漠的黎明的光亮来时。

一个困扰人的问题

胡　适

>>>

我这几年来，差不多没有一天不问自己道：人生在世，究竟是为什么的？我想了几年，越想越想不通。

小山，你是学哲学的人。像我这样养老婆，喂小孩子，就算做了一世的人吗？

我到北京不到两个月。这一天我在中央公园里吃冰，几位同来的朋友先散了；我独自坐着，翻开几张报纸看看，只见满纸都是讨伐西南和召集新国会的话。我懒得看那些疯话，丢开报纸，抬起头来，看见前面来了一男一女，男的抱着一个小孩子，女的手里牵着一个三四岁的孩子。我觉得那男的好生面善，仔细打量他，见他穿一件很旧的官纱长衫，面上很有老态，背脊微有点弯，因为抱着孩子，更显出曲背的样子。他看见我，也仔细打量。我不敢招呼，他们就过去了。走过去几步，他把小孩子交给那女的，他重又回来，问我道，“你不是小山吗？”我说，“正是。你不是朱子平吗？我几乎不敢认你了！”他说，“我是子平，我们八九年不见，你还是壮年，我竟成了老人了，怪不得你不敢招呼我。”

我招呼他坐下，他不肯坐，说他一家人都在后面坐久了，要回去预备晚饭了。我说，“你现在是儿女满前的福人了。怪不得要自称老人了。”他叹口气，说，“你看我狼狈到这个样子，还要取笑我？我上个月见着伯安、仲实弟兄们，才知道你今年回国。你是学哲学的人，我有个问题要来请教你。我问过多少人，他们都说我有神经病，不大理会我。你把住址告诉我，我明天来看你。今天来不及谈了。”

我把住址告诉了他，他匆匆的赶上他的妻子，接过小孩子，一同出去了。

我望着他们出去，心里想道：朱子平当初在我们同学里面，要算一个很有豪气的人，怎么现在弄得这样潦倒？看他见了一个多年不见的老同学，一开口就有什么问题请教，怪不得人说他有神经病。

但不知他因为潦倒了才有了神经病呢？还是因为有了神经病所以潦倒呢？……

第二天一大早，他果然来了。他比我只大得一岁，今年三十岁。

但是他头上已有许多白发了。外面人看来，他至少要比我大十几岁。

他还没有坐定，就说："小山，我要请教你一个问题。"

我问他什么问题，他说，"我这几年以来，差不多没有一天不问自己道：人生在世，究竟是为什么的？我想了几年，越想越想不通。朋友之中也没有人能回答这个问题。起先他们给我一个'哲学家'的绰号，后来他们竟叫我做朱疯子了！小山，你是见多识广的人，请你告诉我，人生在世，究竟是为什么的？"

我说，"子平，这个问题是没有答案的。现在的人最怕的是有人问他这个问题。得意的人听着这个问题就要扫兴，不得意的人想着这个问题就要发狂。他们是聪明人，不愿意扫兴，更不愿意发狂，所以给你一个疯子的绰号，就算完了。——我要问你，你为什么想到这个问题上去呢？”

他说，“这话说来很长，只怕你不爱听。”

我说我最爱听。他叹了一口气，点着一根纸烟，慢慢的说。以下都是他的话。

我们离开高等学堂那一年，你到英国去了，我回到家乡，生了一场大病，足足的病了十八个月。病好了，便是辛亥革命，把我家在汉口的店业就光复掉了。家里生计渐渐困难，我不能不出来谋事。那时伯安、石生一班老同学都在北京，我写信给他们，托他们寻点事做。后来他们写信给我，说从前高等学堂的老师陈老先生答应要我去教他的孙子。我到了北京就住在陈家。陈老先生在大学堂教书，又担任女子师范的国文，一个月拿的钱很多，但是他的两个儿子都不成器，老头子气得很，发愤要教育他几个孙子成人。但是他一个人教两处书，哪有工夫教小孩子？你知道我同伯安都是他的得意学生，所以他叫我去，给我二十块钱一个月，住的房子，吃的饭，都是他的，总算他老先生的一番好意。

过了半年，他对我说，要替我做媒。说的是他一位同年的女儿，现在女子师范读书，快要毕业了。那女子我也见过一两次，人倒很朴素稳重。但是我一个月拿人家二十块钱，如何养得起家小？我把这个意思回复他，谢他的好意。老先生有点不高兴，当时也没说什么。过了几天，他请了伯安、仲实弟兄到他家，要他们劝我就这门亲事。他说，“子平的家事，我是晓得的。他家三代单传，嗣续的事不能再缓了。二十多岁的少年，哪里怕没有事做？还怕养不活老婆吗？我替他做媒的这头亲事是再好也没有的。女的今年就毕业，毕业后还可在本京蒙养院教书，我已经替他介绍好了。蒙养院的钱虽不多，也可以贴补一点家用。他再要怕不够时，我把女学堂的三十块钱让他去教。我老了，大学堂一处也够我忙了。你们看我这个媒人总可算是竭力报效了。”

伯安弟兄把这番话对我说，你想我如何能再推辞。我只好写信告诉家母。家母回信，也说了许多“三代单传，不孝有三，无后为大”的话。又说，“陈老师这番好意，你稍有人心，应该感激图报，岂可不识抬举？”

我看了信，晓得家母这几年因为我不肯娶亲，心里很不高兴，这一次不过是借题发点牢骚。我仔细一想，觉得做了中国人，老婆是不能不讨的，只好将就点罢。

我去找到伯安、仲实，说我答应订定这头亲事，但是我现在没有积蓄，须过一两年再结婚。

他们去见老先生，老先生说，“女孩子今年二十三岁了，他父亲很想早点嫁了女儿，好替他小儿子娶媳妇。你们去对子平说，叫他等女的毕业了就结婚。仪节简单一点，不费什么钱。

他要用木器家具，我这里有用不着的，他可以搬去用。我们再替他邀一个公份，也就可以够用了。”

他们来对我说，我没有话可驳回，只好答应了。过了三个月，我租了一所小屋，预备成亲。老先生果然送了一些破烂家具，我自己添置了一点。伯安、石生一些人发起一个公份，送了我六十多块钱的贺仪，只够我替女家做了两套衣服，就完了。

结婚的时候，我还借了好几十块钱，才勉强把婚事办了。

结婚的生活，你还不曾经过。我老实对你说，新婚的第一年，的确是很有乐趣的生活。我的内人，人极温和，她晓得我的艰苦，我们从不肯乱花一个钱。我们只用一个老妈，白天我上陈家教书，下午到女师范教书，她到蒙养院教书。晚上回家，我们自己做两样家乡小菜，吃了晚饭，闲谈一会，我改我的卷子，她陪我坐着做点针线。我有时做点文字卖给报馆，有时写到夜深才睡。她怕我身体过劳，每晚到了十二点钟，她把我的墨盒纸笔都收了去，吹灭了灯，不许我再写了。

小山，这种生活，确有一种乐趣。但是不到七八个月，我的内人就病了，呕吐得很厉害。我们猜是喜信，请医生来看，医生说八成是有喜。我连忙写信回家，好叫家母欢喜。老人家果然欢喜得很，托人写信来说了许多孕妇保重身体的法子，还做了许多小孩的衣服小帽寄来。

产期将近了。她不能上课，请了一位同学代她。我添雇了一个老妈子，还要准备许多临产的需要品。好容易生下一个男孩子来。产后内人身体不好，乳水不够，不能不雇奶妈。一家平空减少了每月十几块钱的进账，倒添上了几口人吃饭拿工钱。家庭的担负就很不容易了。

过了几个月，内人身体复原了，依旧去上课，但是记挂着小孩子，觉得很不方便。看十几块钱的面上，只得忍着心肠做去。

不料陈老先生忽然得了中风的病，一起病就不能说话，不久就死了。他那两个宝贝儿子，把老头子的一点存款都瓜分了，还要赶回家去分田产，把我的三个小学生都带回去了。

我少了二十块钱的进款，正想寻事做，忽然女学堂的校长又换了人，第二年开学时，他不曾送聘书来，我托熟人去说，他说我的议论太偏僻了，不便在女学堂教书。我生了气，也不屑再去求他了。

伯安那时做众议院的议员，在国会里颇出点风头。我托他设法。他托陈老先生的朋友把我荐到大学堂去当一个事务员，一个月拿三十块钱。

我们只好自己刻苦一点，把奶妈和那添雇的老妈子辞了。

每月只吃三四次肉。有人请我吃酒，我都辞了不去，因为吃了人的，不能不回请。戏园里是四年多不曾去过了。

但是无论我们怎样节省，总是不够用。过了一年又添了一个孩子。这回我的内人自己给他奶吃，不雇奶妈了。但是自己的乳水不够，我们用开成公司的豆腐浆代他，小孩子不肯吃，不到一岁就殇掉了。内人哭的什么似的。我想起孩子之死全系因为雇不起奶妈，内人又过于省俭，不肯吃点滋养的东西，所以乳水更不够。我看见内人伤心，我心里实在难过。

后来时局一年坏似一年，我的光景也一年更紧似一年。内人因为身体不好，辍课太多，蒙养院的当局颇说嫌话，内人也有点拗性，索性辞职出来。想找别的事做，一时竟寻不着。北京这个地方，你想寻一个三百五百的阔差使，反不费力。要是你想寻二三十块钱一个月的小事，那就比登天还难。到了中交两行停止兑现的时候，我那每月三十块钱的票子更不够用了。

票子的价值越缩下去，我的大孩子吃饭的本事越大起来。去年冬天，又生了一个女孩子，就是昨天你看见我抱着的。我托了伯安去见大学校长，请他加我的薪水，校长晓得我做事认真，加了我十块钱票子，共是四十块，打个七折，四七二十八，你替我算算，房租每月六块，伙食十五块，老妈工钱两块，已是二十三块钱了。剩下五块大钱，每天只派着一角六分大洋做零用钱。做衣服的钱都没有，不要说看报买书了。大学图书馆里虽然有书有报，但是我一天忙到晚，公事一完，又要赶回家来帮内人照应小孩子，哪里有工夫看报阅报？晚上我腾出一点工夫做点小说，想赚几个钱。我的内人向来不许我写过十二点钟的，于今也不来管我了。她晓得我们现在所处的境地，非寻两个外快钱不能过日子，所以只好由我写到两三点钟才睡。但是现在卖文的人多了，我又没有工夫看书，全靠绞脑子，挖心血，没有接济思想的来源，做的东西又都是百忙里偷闲潦草做的，哪里会有好东西？所以往往卖不起价钱，有时原稿退回，我又修改一点，寄给别家。前天好容易卖了一篇小说，拿着五块钱，所以昨天全家去逛中央公园，去年我们竟不曾去过。

我每天五点钟起来——冬天六点半起来——午饭后靠着桌子偷睡半个钟头，一直忙到夜深半夜后。忙的是什么呢？我要吃饭，老婆要吃饭，还要喂小孩子吃饭——所忙的不过为了这一件事！

我每天上大学去，从大学回来，都是步行。这就是我的体操，不但可以省钱，还可给我一点用思想的时间，使我可以想小说的布局，可以想到人生的问题。有一天，我的内人的姊夫从南边来，我想请他上一回馆子，家里恰没有钱，我去向同事借，那几个同事也都是和我不相上下的穷鬼，哪有钱借人？

我空着手走回家，路上自思自想，忽然想到一个大问题，就是“人生在世，究竟是为什么的？”……我一头想，一头走，想入了迷，就站在北河沿一棵柳树下，望着水里的树影子，足足站了两个钟头。等到我醒过来走回家时，天已黑了，客人已走了半天了！

自从那一天到现在，几乎没有一天我不想到这个问题。有时候，我从睡梦里喊着“人生在世，究竟是为什么的？”

小山，你是学哲学的人。像我这样养老婆，喂小孩子，就算做了一世的人吗？……

给青年的三个人生药方

胡 适

>>>

我要根据我个人的经验，赠与三个防身的药方给青年们。

第一个方子是："总得时时寻一个两个值得研究的问题。"一个青年人离开了做学问的环境，若没有一个两个值得解答的疑难问题在脑子里打旋，就很难保持学生时代追求知识的热心。可是，如果有了一个真有趣的问题天天逗你去想它，天天引诱你去解决它，天天对你挑衅地笑，你无可奈何它——这时候，你就会同爱恋一个女子发了疯一样——没有书，你自会变卖家私去买书；没有仪器，你自会典押衣服去置办仪器；没有师友，你自会不远千里去寻师访友。没有问题可以研究的人，关在图书馆里也不会用书，锁在实验室里也不会研究。

第二个方子是："总得多发展一点业余的兴趣。"毕业生寻得的职业，未必适合他所学的；或者是他所学的，未必真是他所心喜的。最好的方法是多发展他职业以外的正当兴趣和活动。一个人的前程往往全看他怎样用他的闲暇时间。他在业余时间做的事往往比他的职业更重要。

第三个方子是："总得有一点信心。"我们应该相信：今日国家民族的失败都由于过去的不努力，我们今日的努力必定有将来的大收成。一粒一粒的种，必有满仓满屋的收获。成功不必在我，而功力必然不会白费。

但是，我记得两年前，就有一个大学毕业生写信来说："胡先生，你错了。我们毕业之后，就失业了！吃饭的问题不能解决，哪能谈到研究的问题？职业找不到，哪能谈到业余？求了十几年的学，到头了不能糊自己一张嘴，如何能有信心？所以你的三个药方都没有用处！"

对于这样失望的毕业生，我要贡献第四个方子："你得先自己反省，不可专责备别人，更不必责备社会。"

你应该想想，为什么同样一张文凭，别人拿了有效你拿了就无效呢？还是仅仅因为别人有门路、有援助而你没有呢？还是因为别人学到了本事而你没学到呢？为什么同叫作“大学”，他校的文凭有价值，而你母校的文凭就不值钱呢？还是仅仅因为社会只问虚名而不问实际呢？还是因为你的学校本来不够格呢？还是因为你的母校的名誉被你和你的同学闹得毁坏了，所以社会厌恶轻视你的学堂呢？我们平心观察，不能不说今日中国的社会事业已有逐渐上轨道的趋势，公私机关的用人已渐渐变严格。凡功课太松，管理太宽，教员不高明，学风不良的学校，每年尽管送出整百的毕业生，他们在社会上也休想得着很好的位置。偶然有了位置，他们也不会长久保持的。反过来看那些认真办理而确能给学生一种良好训练的大学，它们的毕业生很少寻不着好位置。

今日的中国社会已不是一张大学文凭就能骗得饭吃的了。拿了文凭而找不着工作的人们，应该自己反省：社会需要的是人才，是本事，是学问，而我自己究竟是不是人才，有没有本领？从前在学校挑容易的功课，拥护敷衍的教员，旷课，闹考，带夹带，种种躲懒取巧的手段到此全失了作用。躲懒取巧混来的文凭，在严格用人的标准下，原来只是一张废纸。即使这张文凭能够暂时混得一只饭碗，终究是靠不住、保不牢的，终究要被后起的优秀人才挤掉。能够如此反省，方才有救援自己的希望。

“毕了业就失业”的人们怎样才可以救援自己呢？没有别的法子，只有格外努力，自己多学一点可靠的本事。二十多岁的青年，若能自己勉力，没有不能长进的。这个社会是最缺乏人才又最需要人才的。一点点的努力往往就有十倍百倍的奖励，一分的成绩往往可以得着十分百分的虚声，社会上的奖掖只有远超过我们所应得的，绝没有真正的努力而不能得着社会的承认的。没有工作机会的人，只有格外努力训练自己可以希望得着工作，有工作机会的人而嫌待遇太薄、地位太低的人，也只有格外努力工作可以靠成绩来抬高他的地位。只有责己是生路，因为只有自己的努力最靠得住。

辑四

世事无常，莫负好时光

家　德

徐志摩

>>>

家德住我们家已有十多年了。他初来的时候嘴上光光的还算是个壮夫，头上不见一茎白毛，挑着重担到车站去不觉得乏。

逢着什么吃重的工作他总是说：“我来！”他实在是来得的。现在可不同了。谁问他“家德，你怎么了，头发都白了？”他就回答：“人总要老的，我今年五十八，头发不白几时白？”他不但发白，他上唇疏朗朗的两披八字胡也见花了。

他算是我们家的“做生活”，但他，据我娘说，除了吃饭住，却不拿工钱。不是我们家不给他，是他自己不要。打头儿就不要。“我就要吃饭住，”他说，我记得有一两回我因为他替我挑行李上车站给他钱，他就瞪大了眼说，“给我钱做什么？”

我以为他嫌少，拿几毛换一块圆钱再给他，可是他还是“给我钱做什么？”更高声的抗议。你再说也是白费，因为他有他的理性。吃谁家的饭就该为谁家做事，给我钱做什么？

但他并不是主义的不收钱。镇上别人家有丧事喜事来叫他去帮忙的做完了有赏封什么给他，他受。“我今天又‘摸了’钱了，”他一回家就欣欣的报告他的伙伴。他另的一种能耐，几乎是专门的，那叫作“赞神歌”。谁家许了愿请神，就非得他去使开了他那不圆润的粗嗓子唱一种有节奏有顿挫的诗句赞美各种神道。奎星、纯阳祖师、关帝、梨山老母，都得他来赞美。小孩儿时候我们最爱看请神，一来热闹，厅上摆得花绿绿点得亮亮的，二来可以借口到深夜不回房去睡，三来可以听家德的神歌。乐器停了他唱，唱完乐又作。他唱什么听不清，分得清的只“浪溜圆”三个字，因为他几乎每开口必有浪溜圆。

他那唱的音调就像是在厅的顶梁上绕着，又像是暖天细雨似的在你身上匀匀地洒，反正听着心里就觉得舒服，心一舒服小眼就闭上，这样极容易在妈或是阿妈的身上靠着甜甜的睡了。到明天在床里醒过来时耳边还绕着家德那圆圆的甜甜的浪溜圆。

家德唱了神歌想来一定到手钱，这他也不辞，但他更看重的是他应分到手的一块祭肉。肉太肥或太瘦都不能使他满意：“肉总得像一块肉，”他说。

“家德，唱一点神歌听听，”我们在家时常常央着他唱，但他总是板着脸回说，“神歌是唱给神听的”。虽则他有时心里一高兴或是低着头做什么手工他口里往往低声在那里浪溜他的圆。

听说他近几年来不唱了。他推说忘了，但他实在以为自己嗓子干了，唱起来不能原先那样圆转加意所以决意不再去神前献丑了。

他在我家实在也做不少的事。每天天一亮他就从他的破烂被窝里爬起身。一重重的门是归他开的，晚上也是他关的时候多。有时老妈子不凑手他是帮着煮粥烧饭。挑行李是他的事，送礼是他的事，劈柴是他的事。最近因为父亲常自己烧檀香，他就少劈柴，多劈檀香。我时常见他跨坐在一条长凳上戴着一副白铜边老花眼镜伛着背细细地劈。“你的镜子多少钱买的，家德？”“两只角子，”他头也不回地说。

我们家后面那个“花园”也是他管的。蔬菜，各样的，是他种的。每天浇，摘去焦枯叶子，厨房要用时采，都是他的事。

花也是他种的，有月季，有山茶，有玫瑰，有红梅与腊梅，有美人蕉，有桃，有李，有不开花的兰，有葵花，有蟹爪菊，有可以染指甲的凤仙，有比鸡冠大到好几倍的鸡冠。关于每一种花他都有不少话讲：花的脾，花的胃，花的颜色，花的这样那样。梅花有单瓣双瓣，兰有荤心素心，山茶有家有野，这些简单，但在小孩儿时听来有趣的知识，都是他教给我们的。他是博学得可佩服。他不仅能看书能写，还能讲书，讲得比学堂里先生上课时讲的有趣味得多。我们最喜欢他讲《岳传》里的岳老爷。岳老爷出世，岳老爷归天，东窗事发，“莫须有”三字构成冤狱，岳雷上坟，朱仙镇八大锤……唷，那热闹就不用提了。

他讲得我们笑，他讲得我们哭，他讲得我们着急，但他再不能讲得使我们瞌睡，那是学堂里所有的先生们比他强的地方。

也不知是谁给他传的，我们都相信家德曾经在乡村里教过书。也许是实有的事，像他那样的学问在乡里还不是数一数二的。可是他自己不认。我新近又问他，他还是不认。我问他当初念些什么书。他回一句话使我吃惊。他说我念的书是你们念不到的。那更得请教，长长见识也好。他不说念书，他说读书。

他当初读的是百家姓，千字文，神童诗……还有呢？还有酒书。什么？“酒书，”他说。“什么叫酒书？”“酒书你不知道，”他仰头笑着说，“酒书是教人吃酒的书。”真的有这样一部书吗？他不骗人，但教师他可从不曾做过。他现在口授人念经。他会念不少的经，从《心经》到《金刚经》全部，背得溜熟的。

他学念佛念经是新近的事。早三年他病了，发寒热。他一天对人说怕好不了，身子像是在大海里浮着，脑袋也发散得没有个边，他说。他死一点也不愁，不说怕。家里就有一个老娘，他不放心，此外妻子他都不在意。一个人总要死的，他说。他果然昏晕了一阵子，他床前站着三四个他的伙伴。他苏醒时自己说，“就可惜这一生一世没有念过佛，吃过斋，想来只可等待来世的了。”说完这话他又闭上了眼仿佛是隐隐念着佛。事后他自以为这一句话救了他的命，因为他竟然又好起了。从此起他就吃上了净素，开始念经。现在他早晚都得做他的功课。

我不说他到我们家有十几年了吗，原先他在一个小学校里做当差。我做学生的时候他已经在。他的一个同事我也记得，叫矮子小二，矮得出奇，而且天生是一个小二的嘴脸。家德是校长先生用他进去的。他初起工钱每月八百文，后来每年按加二百文，一直加到二千文的正薪，那不算少。矮子小二想来没有读过什么酒书，但他可爱喝一杯两杯的，不比家德读了酒书倒反而不喝。小二喝醉了回校不发脾气就倒上床，他的一份事就得家德兼做。后来矮子小二因为偷了学校的用品到外边去换钱使发觉了被斥退。家德不久也离开学校，但他是为另一种理由。他的是自动辞职，因为用他进去的校长不做校长了，所以他也不愿再做下去。有一天他托一个乡绅到我们家来说要到我们家住，也不说别的话。从那时起家德就长住我们家了。

他自己乡里有家。有一个娘，有一个妻，有三个儿子，好的两个死了，剩下一个是不好的。他对妻的感情，按我妈对我说，是极坏。但早先他过一时还得回家去，不是为妻，是为娘。

也为娘他不能不对他的妻多少耐着性子。但是谢谢天，现在他不用再耐，因为他娘已经死了。他再也不回家去，积了一些钱也不再往家寄。妻不成材，儿子也没有淘成，他养家已有三十多年，儿子也近三十，该得担当家，他现在不管也没有什么亏心的了。他恨他妻多半是为她不孝顺他的娘，这最使他痛心。他妻有时到镇上来看他问他要钱，他一见她的影子都觉得头痛，她一到他就跑，她说话他做哑巴，她闹他到庭心里去伏在地下劈柴。有一回他接他娘出来看迎灯，让她睡他自己的床，盖他自己的棉被，他自己在灶边铺些稻柴不脱衣服睡。下一天他妻也赶来了，从厨房的门缝里张见他开着笑口用筷捡一块肥肉给他脱尽了牙翘着个下巴的老娘吃。她就在门外大声哭闹。他过去拿门给堵上了，捡更肥的肉给娘，更高声的说他的笑话，逗他娘和厨下别人的乐。晚上他妻上楼见他娘睡家德自己的床，盖他自己的被，回下来又和他哭闹，他从后门往外跑了。

他一见他娘就开口笑，说话没有一句不逗人乐。他娘见他乐也乐，翘着一个干瘪下巴眯着一双皱皮眼不住地笑，厨房里顿时添了无穷的生趣。晚上在门口看灯，家德忙着招呼他娘，端着一条长凳或是一只方板凳，半抱着她站上去，连声的问看得见了不，自己躲在后背双手扶着她防她闪，看完了灯他拿一只碗到巷口去买一碗大肉面汤一两烧酒给他娘吃，吃完了送她上楼睡去。“又要你用钱，家德，”他娘说。“喔，这算什么，我有的是钱！”家德就对他妈背他最近的进益，黄家的丧事到手三百六；李家的喜事到手五角小洋，还有这样那样的，尽他娘用都用不完，这一点点算什么的！

家德的娘来了，是一件大新闻。家德自己起劲不必说，我们上下一家子都觉得高兴。谁都爱看家德跟他娘在一起的神情，谁都爱听他母子俩甜甜的谈话。又有趣，又使人感动。那位乡下老太太，穿紫棉绸衫梳元宝髻的，看着她那头发已经斑白的儿子心里不知有多么得意。就算家德做了皇帝，她也不能更开心。“家德！”她时常尖声地叫，但等得家德赶忙回过头问，“娘，要啥，”她又就只眯着一双皱皮眼甜甜的笑，再没有话说。

她也许是忘了她想着要说的话，也许她就爱那么叫她儿子一声，这满屋子里人就笑，家德也笑，她也笑。家德在她娘的跟前，拖着早过半百的年岁，身体活灵得像一只小松鼠，忙着为她张罗这样那样的，口齿伶俐得像一只小八哥，娘长娘短的叫个不住。

如果家德是个皇帝，世界上绝没有第二个皇太后有他娘那样的好福气。这是家德的伙伴们的思想。看看家德跟他娘，我妈比方一句有诗意的话，就比是到山楼上去看太阳，满眼都是亮。

看看家德跟他娘，一个老妈子说，我总是出眼泪，我从来不知道做人会得这样的有意思。家德的娘一定是几世前修得来的。

有一回家德脚上发流火，走路一颠一颠的不方便，但一走到他娘的跟前，他立即忍了痛僵直了身子放着腿走路，就像没有病一样。“家德你今年胡须也白了，”他娘说。“人老的好，须白的好。娘你是越老越清，我是胡须越白越健。”他这一插科他娘就忘了年岁忘了愁。

他娘已在两年前死了。寿衣，有绸有缎的，都是家德早在镇上替她预备好了的。老太太进棺材还带了一支重足八钱的金押发去，这当然也是家德孝敬的。他自从娘死过，再也不回家，他妻出来他也永不理睬她。他现在吃素，念经，每天每晚都念，也是念给他娘的。他一辈子难得花一个闲钱，就有一次因为妻儿的不贤良叫他太伤心了，他一气就“看开”了。他竟然连着有三五天上茶店，另买烧饼当点心吃，一共花了足足有五百钱光景，此外再没有荒唐过。前几天他上楼去见我妈，手筒着手，兴匆匆地说，“太太，我要到乡下去一趟。”“好的，”我妈说，“你有两年多不回去了。”“我积下了一百多块钱，我要去看一块地葬我娘去。”他说。

林　　玄

萧　红

>>>

在一个有太阳的日子，我的窗前有一个小孩在弯着腰大声地喘着气。

我是在房后站着，随便看着地上的野草在晒太阳。山上的晴天是难得的，为着使屋子也得到干燥的空气，所以门是开着。接着就听到或者是草把，或者是刷子，或者是一只有弹性的尾巴，沙沙的在地上拍着，越听到拍的声音越真切，就像已经在我的房间的地板上拍着一样。我从后窗子再经过开着的门隔着屋子看过去，看到了一个小孩手里拿着扫帚在弯着腰大声的喘着气。

而他正用扫帚尖扫在我的门前土坪上，那不像是扫，而是用扫帚尖在拍打。

我心里想，这是什么事情呢？保育院的小朋友们从来不到这边做这样的事情。我想去问一问，我心里起着一种亲切的情感对那孩子。刚要开口又感到特别生疏了，因为我们住的根本并不挨近，而且仿佛很远，他们很少时候走来的。我和他们的生疏是一向生疏下来的，虽然每天听着他们升旗降旗的歌声，或是看着他们放在空中的风筝。

那孩子在小房的长廊上扫了很久很久。我站在离他远一点的地方看着他。他比那扫地的扫帚高不了多少，所以是用两只手把着扫帚，他的扫帚尖所触过的地方，想要有一个黑点留下也不可能。他是一边扫一边玩，我看他把一小块粘在水门汀走廊上的泥土，用鞋底擦着，没有擦起来，又用手指甲掀着，等掀掉了那块泥土，又抡起扫帚来好像抡着鞭子一样的把那块掉的泥土抽了一顿，同时嘴里边还念叨了些什么。走廊上靠着一张竹床，他把竹床的后边扫了。完了又去移动那只水桶，把小脸孔都累红了。

这时，院里的一位先生到这边来，当她一走下那高坡，她就用一种响而愉快的声音呼唤着他：

“林小二！……林小二在这里做什么？……”

这孩子的名字叫林小二。

“啊！就是那个……林小二吗？”

那位衣襟上挂着圆牌子的先生说：“是的……他是我们院里的小名人，外宾来访也访问他。他是流浪儿，在汉口流浪了几年的。是退却之前才从汉口带出来的。他从前是个小叫花，到院里来就都改了，比别的小朋友更好。”

接着她就问他：“谁叫你来扫的呀？哪个叫你扫地？”

那孩子没有回答，摇摇头。我也随着走到他旁边去。

“你几岁，小朋友？”

他也不回答我，他笑了，一排小牙齿露了出来。那位先生代他说是十一岁了。

关于林小二，是在不久前我才听说的。他是汉口街头的小叫花，已经两三年就是小叫花了。他不知道父亲母亲是谁，他不知道他姓什么，他不知道自己的名字是从哪里来的。他没有名，没有姓，没有父亲母亲。林小二，就是林小二。人家问：“你姓什么？”他摇摇头。人家问：“你就是林小二吗？”他点点头。

从汉口刚来到重庆时，这些小朋友们住在重庆，林小二在夜里把所有的自来水龙头都放开了，楼上楼下都湿了……又有一次，自来水龙头不知谁偷着打开的，林小二走到楼上，看见了，便安安静静地，一个一个关起来。而后，到先生那儿去报告，说这次不是他开的了。

现在林小二在房头上站着，高高的土丘在他的旁边，他弯下腰去，一颗一颗地拾着地上的黄土块。那些土块是院里的别的一些小朋友玩着抛下来的，而他一块一块的从房子的临近拾开。一边拾着，他的嘴里一边念叨什么似的自己说着话，他带着非常安闲而寂寞的样子。

我站在很远的地方看着他，他拾完了之后就停在我的后窗子的外边，像一个大人似的在看风景。那山上隔着很远很远的偶尔长着一棵树，那山上的房屋，要努力去寻找才能够看见一个，因为绿色的菜田过于不整齐的缘故，大块小块割据着山坡，所以山坡上的人家像大块的石头似的，不容易被人注意而混扰在石头之间了。山下则是一片水田，水田明亮得和镜子似的，假若有人掉在田里，就像不会游泳的人沉在游泳池一样，在感觉上那水田简直和小湖一样了。田上看不见收拾苗草的农人，落雨的黄昏和起雾的早晨，水田通通是自己睡在山边上，一切是寂静的，晴天和阴天都是一样的寂静。只有山下那条发白的公路，每隔几分钟，就要有汽车从那上面跑过。车子从看得见的地方跑来，就带着轰轰的响声，有时竟以为是飞机从头上飞过。山中和平原不同，震动的响声特别大，车子就跑在山的夹缝中。若遇着成串的运着军用品的大汽车，就把左近的所有的山都震鸣了，而保育院里的小朋友们常常听着他们的欢呼，他们叫着，而数着车子的数目，十辆二十辆常常经过，都是黄昏以后的时候。林小二仿佛也可以完全辨认出这些感觉似的在那儿努力地辨认着。林小二若伸出两手来，他的左手将指出这条公路重庆的终点；而右手就要指出到成都去的方向罢。但是林小二只把眼睛看到墙根上，或是小土坡上，他很寂寞的自己在玩着，嘴里仍旧念叨着什么似的在说话。他的小天地，就他周围一丈远，仿佛他向来不想走上那公路的样子。

他发现了有人在远处看着他，他就跑了，很害羞的样子跑掉的。

我又见他，就是第二次看见他，是一个雨天。一个比他高的小朋友，从石阶上一磴一磴的把他抱下来。这小叫花子有了朋友了，接受了爱护了。他是怎样一定会长得健壮而明朗的呀……他一定的，我想起班台来耶夫的《表》。

父亲的病

鲁　迅

>>>

大约十多年前罢，S城中曾经盛传过一个名医的故事：他出诊原来是一元四角，特拔十元，深夜加倍，出城又加倍。有一夜，一家城外人家的闺女生急病，来请他了，因为他其时已经阔得不耐烦，便非一百元不去。他们只得都依他。待去时，却只是草草地一看，说道“不要紧的”，开一张方，拿了一百元就走。那病家似乎很有钱，第二天又来请了。他一到门，只见主人笑面承迎，道，“昨晚服了先生的药，好得多了，所以再请你来复诊一回。”仍旧引到房里，老妈子便将病人的手拉出帐外来。他一按，冷冰冰的，也没有脉，于是点点头道，“唔，这病我明白了。”从从容容走到桌前，取了药方纸，提笔写道：

“凭票付英洋壹百元正。”下面是署名，画押。

“先生，这病看来很不轻了，用药怕还得重一点罢。”主人在背后说。

“可以，”他说。于是另开了一张方：

“凭票付英洋贰百元正。”下面仍是署名，画押。

这样，主人就收了药方，很客气地送他出来了。

我曾经和这名医周旋过两整年，因为他隔日一回，来诊我的父亲的病。那时虽然已经很有名，但还不至于阔得这样不耐烦；可是诊金却已经是一元四角。现在的都市上，诊金一次十元并不算奇，可是那时是一元四角已是巨款，很不容易张罗的了，又何况是隔日一次。他大概的确有些特别，据舆论说，用药就与众不同。我不知道药品，所觉得的，就是“药引”的难得，新方一换，就得忙一大场。先买药，再寻药引。“生姜”两片，竹叶十片去尖，他是不用的了。起码是芦根，须到河边去掘；一到经霜三年的甘蔗，便至少也得搜寻两三天。可是说也奇怪，大约后来总没有购求不到的。

据舆论说，神妙就在这地方。先前有一个病人，百药无效；待到遇见了什么叶天士先生，只在旧方上加了一味药引：梧桐叶。只一服，便霍然而愈了。“医者，意也。”其时是秋天，而梧桐先知秋气。其先百药不投，今以秋气动之，以气感气，所以……我虽然并不了然，但也十分佩服，知道凡有灵药，一定是很不容易得到的，求仙的人，甚至于还要拼了性命，跑进深山里去采呢。

这样有两年，渐渐地熟识，几乎是朋友了。父亲的水肿是逐日利害，将要不能起床；我对于经霜三年的甘蔗之流也逐渐失了信仰，采办药引似乎再没有先前一般踊跃了。正在这时候，他有一天来诊，问过病状，便极其诚恳地说：

“我所有的学问，都用尽了。这里还有一位陈莲河先生，本领比我高。我荐他来看一看，我可以写一封信。可是，病是不要紧的，不过经他的手，可以格外好得快……”

这一天似乎大家都有些不欢，仍然由我恭敬地送他上轿。进来时，看见父亲的脸色很异样，和大家谈论，大意是说自己的病大概没有希望的了。他因为看了两年，毫无效验，脸又太熟了，未免有些难以为情，所以等到危急时候，便荐一个生手自代，和自己完全脱了干系。但另外有什么法子呢？本城的名医，除他之外，实在也只有一个陈莲河了。明天就请陈莲河。

陈莲河的诊金也是一元四角。但前回的名医的脸是圆而胖的，他却长而胖了：这一点颇不同。还有用药也不同，前回的名医是一个人还可以办的，这一回却是一个人有些办不妥帖了，因为他一张药方上，总兼有一种特别的丸散和一种奇特的药引。

芦根和经霜三年的甘蔗，他就从来没有用过。最平常的是“蟋蟀一对”，旁注小字道：“要原配，即本在一窠中者。”似乎昆虫也要贞节，续弦或再醮，连做药资格也丧失了。但这差使在我并不为难，走进百草园，十对也容易得，将它们用线一缚，活活地掷入沸汤中完事。然而还有“平地木十株”呢，这可谁也不知道是什么东西了，问药店，问乡下人，问卖草药的，问老年人，问读书人，问木匠，都只是摇摇头。临末才记起了那远房的叔祖，爱种一点花木的老人，跑去一问，他果然知道。是生在山中树下的一种小树，能结红子如小珊瑚珠的，普遍都称为“老弗大”。

“踏破铁鞋无觅处，得来全不费功夫。”药引寻到了，然而还有一种特别的丸药：败鼓皮丸。这“败鼓皮丸”就是用打破的旧鼓皮做成；水肿一名鼓胀，一用打破的鼓皮自然就可以克服他。清朝的刚毅因为憎恨“洋鬼子”，预备打他们，练了些兵称作“虎神营”，取虎能食羊，神能伏鬼的意思，也就是这道理。可惜这一种神药，全城中只有一家出售的，离我家就有五里，但这却不像平地木那样，必须暗中摸索了，陈莲河先生开方之后，就恳切详细地给我们说明。

“我有一种丹，”有一回陈莲河先生说，“点在舌上，我想一定可以见效。因为舌乃心之灵苗……价钱也并不贵，只要两块钱一盒……”

我父亲沉思了一会，摇摇头。

“我这样用药还会不大见效，”有一回陈莲河先生又说：“我想，可以请人看一看，可有什么冤愆……医能医病，不能医命，对不对？自然，这也许是前世的事……”

我的父亲沉思了一会，摇摇头。

凡国手，都能够起死回生的，我们走过医生的门前，常可以看见这样的扁额。现在是让步一点了，连医生自己也说道：“西医长于外科，中医长于内科。”但是S城那时不但没有西医，并且谁也还没有想到天下有所谓西医，因此无论什么，都只能由轩辕岐伯的嫡派门徒包办。轩辕时候是巫医不分的，所以直到现在，他的门徒就还见鬼，而且觉得“舌乃心之灵苗”。这就是中国人的“命”，连名医也无从医治的。

不肯用灵丹点在舌头上，又想不出“冤愆”来，自然，单吃了一百多天的“败鼓皮丸”有什么用呢？依然打不破水肿，父亲终于躺在床上喘气了。还请一回陈莲河先生，这回是特拔，大洋十元。他仍旧泰然的开了一张方，但已停止败鼓皮丸不用，药引也不很神妙了，所以只消半天，药就煎好。灌下去，却从口角上回了出来。

从此我便不再和陈莲河先生周旋，只在街上有时看见他坐在三名轿夫的快轿里飞一般抬过；听说他现在还康健，一面行医，一面还做中医什么学报，正在和只长于外科的西医奋斗哩。

中西的思想确乎有一点不同。听说中国的孝子们，一到将要“罪孽深重祸延父母”的时候，就买几斤人参，煎汤灌下去，希望父母多喘几天气，即使半天也好。我的一位教医学的先生却教给我医生的职务道：可医的应该给他医治，不可医的应该给他死得没有痛苦。——但这先生自然是西医。

父亲的喘气颇长久，连我也听得很吃力，然而谁也不能帮助他。我有时竟至于电光一闪似的想到：“还是快一点喘完了罢……”立刻觉得这思想就不该，就是犯了罪；但同时又觉得这思想实在是正当的，我很爱我的父亲。便是现在，也还是这样想。

早晨，住在一门里的衍太太进来了。她是一个精通礼节的妇人，说我们不应该空等着。于是给他换衣服，又将纸锭和一种什么《高王经》烧成灰，用纸包了给他捏在拳头里……

“叫呀，你父亲要断气了。快叫呀！”衍太太说。

“父亲！父亲！”我就叫起来。

“大声！他听不见。还不快叫？！”

“父亲！！！父亲！！！”

他已经平静下去的脸，忽然紧张了，将眼微微一睁，仿佛有一些苦痛。

“叫呀！快叫呀！”她催促说。

“父亲！！！”

“什么呢？……不要嚷。……不……”他低低地说，又较急地喘着气，好一会，这才复了原状，平静下去了。

“父亲！！！”我还叫他，一直到他咽了气。

我现在还听到那时的自己的这声音，每听到时，就觉得这却是我对于父亲的最大的错处。

失眠之夜

萧　红

>>>

为什么要失眠呢！烦躁，恶心，心跳，胆小，并且想要哭泣。我想想，也许就是故乡的思虑罢。

窗子外面的天空高远了，和白棉一样绵软的云彩低近了，吹来的风好像带点草原的气味，这就是说已经是秋天了。

在家乡那边，秋天最可爱。

蓝天蓝得有点发黑，白云就像银子做成的一样，就像白色的大花朵似的点缀在天上；就又像沉重得快要脱离开天空而坠了下来似的，而那天空就越显得高了，高得再没有那么高的。

昨天我到朋友们的地方走了一遭，听来了好多的心愿——那许多心愿综合起来，又都是一个心愿——这回若真的打回满洲去，有的说，煮一锅高粱米粥喝；有的说，咱家那地豆多么大！说着就用手比量着，这么碗大；珍珠米，老的一煮就开了花的，一尺来长的；还有的说，高粱米粥、咸盐豆。还有的说，若真的打回满洲去，三天二夜不吃饭，打着大旗往家跑。跑到家去自然也免不了先吃高粱米粥或咸盐豆。

比方高粱米那东西，平常我就不愿吃，很硬，有点发涩（也许因为我有胃病的关系），可是经他们这一说，也觉得非吃不可了。

但是什么时候吃呢？那我就不知道了。而况我到底是不怎样热烈的，所以关于这一方面，我终究不怎样亲切。

但我想我们那门前的蒿草，我想我们那后园里开着的茄子的紫色的小花，黄瓜爬上了架。而那清早，朝阳带着露珠一齐来了！

我一说到蒿草或黄瓜，三郎就向我摆手或摇头：“不，我们家，门前是两棵柳树，树荫交织着做成门形。再前面是菜园，过了菜园就是门。那金字塔形的山峰正向着我们家的门口，而两边像蝙蝠的翅膀似的向着村子的东方和西方伸展开去。而后园黄瓜、茄子也种着，最好看的是牵牛花在石头桥的缝际爬遍了，早晨带着露水牵牛花开了……”

“我们家就不这样，没有高山，也没有柳树……只有……”我常常这样打断他。

有时候，他也不等我说完，他就接下去。我们讲的故事，彼此都好像是讲给自己听，而不是为着对方。

只有那么一天，买来了一张《东北富源图》挂在墙上了，染着黄色的平原上站着小鸟，小羊，还有骆驼，还有牵着骆驼的小人；海上就是些小鱼，大鱼，黄色的鱼，红色的好像小瓶似的大肚的鱼，还有黑色的大鲸鱼；而兴安岭和辽宁一带画着许多和海涛似的绿色的山脉。

他的家就在离着渤海不远的山脉中，他的指甲在山脉爬着：“这是大凌河……这是小凌河……哼……没有，这个地图是个不完全的，是个略图……”

“好哇！天天说凌河，哪有凌河呢！”我不知为什么一提到家乡，常常愿意给他扫兴一点。

“你不相信！我给你看。”他去翻他的书橱去了。“这不是大凌河……小凌河……小孩的时候在凌河沿上捉小鱼，拿到山上去，在石头上用火烤着吃……这边就是沈家台，离我们家二里路……”因为是把地图摊在地板上看的缘故，一面说着，他一面用手扫着他已经垂在前额的发梢。

《东北富源图》就挂在床头，所以第二天早晨，我一张开了眼睛，他就抓住了我的手：“我想将来我回家的时候，先买两匹驴，一匹你骑着，一匹我骑着……先到我姑姑家，再到我姐姐家……顺便也许看看我的舅舅去……我姐姐很爱我……她出嫁以后，每回来一次就哭一次，姐姐一哭，我也哭……这有七八年不见了！也都老了。”

那地图上的小鱼，红的、黑的，都能够看清，我一边看着，一边听着，这一次我没有打断他，或给他扫一点兴。

“买黑色的驴，挂着铃子，走起来……铛啷啷啷啷啷啷……”他形容着铃音的时候，就像他的嘴里边含着铃子似的在响。

“我带你到沈家台去赶集。那赶集的日子，热闹！驴身上挂着烧酒瓶……我们那边，羊肉非常便宜……羊肉炖片粉……真有味道！唉呀！这有多少年没吃那羊肉啦！”他的眉毛和额头上起着很多皱纹。

我在大镜子里边看了他，他的手从我的手上抽回去，放在他自己的胸上，而后又背着放在枕头下面去，但很快地又抽出来。只理一理他自己的发梢又放在枕头上去。

而我，我想：“你们家对于外来的所谓‘媳妇’也一样吗？”我想着这样说了。

这失眠大概也许不是因为这个。但买驴子的买驴子，吃咸盐豆的吃咸盐豆，而我呢？坐在驴子上，所去的仍是生疏的地方，我停着的仍然是别人的家乡。

家乡这个观念，在我本不甚切的，但当别人说起来的时候，我也就心慌了！虽然那块土地在没有成为日本的之前，“家”在我就等于没有了。

这失眠一直继续到黎明之前，在高射炮的声中，我也听到了一声声和家乡一样的震抖在原野上的鸡鸣。

北国的微音

郁达夫

>>>

北国的寒宵，实在是沉闷得很，尤其是像我这样的不眠症者，更觉得春夜之长。似水的流年，过去真快，自从海船上别后，匆匆又换了年头。以岁月计算，虽则不过隔了五个足月，然而回想起来，我同你们在上海的历史，好像是隔世的生涯，去今已有几百年的样子。河畔冰开，江南草长，虫鱼鸟兽，各有阳春发动之心，而自称为动物中之灵长，自信为人类中的有思想者的我，依旧是奄奄待毙，没有方法消度今天，更没有雄心欢迎来日。几日前头，有一位日本的新闻记者，来访我的贫居。他问我："为什么要消沉到这个地步？”我问他：“你何以不消沉，要从东城跑许多路特来访我？”他说：“是为了职务。”我又问他：“你的职务，是对谁的？”他说：“我的职务，是对国家，对社会的。”我说：“那么你就应该知道我的消沉也是对国家，对社会的。现在世上的国家是什么？社会是什么？尤其是我们中国？”他的来访的目的，本来是为问我对于日本对华文化事业的意见如何，中国将来的教育方针如何的——他之所以来访者，一则因为我在某校里教书，二则因为我在日本住过十多年，或者对于某种事项，略有心得的缘故——后来听了我这一段诡辩，他也把职务丢开，谈了许多无关紧要的闲话走了。他走之后，我一个人衔了纸烟想想，觉得人类社会的许多事情，毕竟是庸人自扰。什么国富兵强，什么和平共乐，都是一班野兽，于饱食之余，在暖梦里织出来的回文锦字。像我这样的生性，在我这样的境遇下的闲人，更有什么可想，什么可做呢？写到这里我又想起T君批评我的话来了，他说：“某书的作者，嘲世骂俗，却落得一个牢骚派的美名”。实在我想T君的话，一点儿也不错。人若把我们的那些浅薄无聊的“徒然草”合在一处，加上一个牢骚派的名目，思欲抹杀而厌鄙之，倒反便宜了我们。因为我们的那些东西，本来是同身上的积垢、口中的吐气一样，不期然而然的发生表现出来的，哪里配称作牢骚，更哪里配称作派呢？我读到《歧路》，沫若，觉得你对于自家的艺术的虚视——这虚视两字，我也不知道妥当不妥当，或者用怀疑两字比较确切吧——也和我一样。不错不错，我这封信，是从友人宴会席上回来，读了《歧路》之后，拿起笔来写的。我写这一封信的动机，原是想和你们谈谈我对于《歧路》的感想的呀！

沫若！我觉得人生一切都是虚幻，真真实在的，只有你说的“凄切的孤单”，倒是我们人类从生到死味觉得到的唯一的一道实味。就是京沪报章上，为了金钱或者想建筑自家的名誉的缘故，在那里含了敌意，做文章攻击你的人，我仔细替他们一想，觉得他们也在感着这凄切的孤独。唯其感到孤独，所以他们只好做些文章来卖一点金钱，或者竟牺牲了你来博一点小小的名誉。毕竟他们还是人，还是我们的同类，这“孤单”的感觉，终究是逃不了的，所以他们的文章里最含恶意，攻击你最甚的处所，便是他们的孤独感表现得最切的地方。名利的争夺，欲牺牲他人而建立自己的恶心——简单点说，就说生存竞争吧——依我看来，都是由这“孤单”的感觉催发出来的。人生的实际，既不外乎这“孤单”的感觉，那么表现人生的艺术，当然也不外乎此，因此我近来对于艺术的意见和评价，都和从前不同了。我觉得艺术并没有十分可以推崇的地方，它和人生的一切，也没有什么特异有区别的地方。努力于艺术，献身于艺术，也不须有特别的表现。牢牢捉住了这“孤单”的感觉，细细地玩味，由它写成诗歌小说也好，制成音乐美术品也好，或者竟不写在纸上，不画在布上壁上，不雕在白石上，不奏在乐器上，什么也不表现出来，只叫他能够细细地玩味这“孤单”的感觉，便是绝好的“创造”。

仿吾！这一段无聊的废话，你看对不对？我在写这封信之先，刚从一位朋友处的宴会回来，席上遇见了许多在日本和你同科的自然科学家。他们都已经成了富者，现在是资本家了。我夹在这些衣狐裘者的老同学中间，当然觉得十分的孤独，然而看看他们挟了皮箧，奔走不宁的行动，好像他们也有些在觉得人生的孤寂的样子。我前边不是说过了么？唯其感到孤寂，所以要席不遑暖的去追求名利。然而究竟我不是他们，所以我这主观的推测，也许是错了的。

我现在因为抱有这一种感想，所以什么东西也写不下来，什么东西也不愿意拿来阅读。有时候要想玩味这“凄切的孤单”，在日斜的午后，老跑出城外去独步。这里城外多是黄沙的田野，有几处也有清溪断壁，绝似日本郊外未开辟之先的代代木、新宿等处。不过这里一堆一堆的黄土小冢，和有钱的人家的白杨松树的坟茔很多，感视少微与日本不同一点。今晚在宴会的席上，在许多鸿儒谈笑的中间，我胸中的感觉，同在这样的白杨衰草的坟地里漫步时一样。不过有一点我觉得比从前进步了；从前我和境遇比我美满的朋友——实际上除你们几个人之外，哪一个境遇比我不美满？——相处，老要起一种感伤，有时竟会滴下泪来。现在非但眼泪不会滴下来，并且也能如他们一样的举起箸来取菜，提起杯来喝酒。不过从前的那一种喜欢谈话的冲动，现在没有了。他们入座，我也就座，他们吃菜，我也吃菜。劝我喝酒，我就喝，干杯就干杯。席散了，我就回来。雇车雇不着，就慢慢地在黄昏的街道上走。同席者的汽车马车，从我身边过去的时候，他们从车中和我点头，我也回点一头。他们不点头，我也让他们的车子过去，横竖是在后头跟走几步，他们的车子就可以老远的上我前头去的。所以无避入叉路上去的必要。还有一点和从前不同的地方，就是我默默地坐在那里，他们来要求我猜拳的时候，我总笑笑，摇摇头，举起杯来喝一杯酒，叫他们去要求坐在我下面的一个人猜。近来喝酒也喝不大醉，醉了也不过默默地走回家来坐坐，吸吸烟，倒点茶喝喝。今晚的宴会，散得很早，我回家来吸吸烟喝喝茶，觉得还睡不着，所以又拿出了周报的《歧路》来看。沫若！大卫生的诗，实在是做得不坏，不过你的几行诗，我也很喜欢念。你的小孩的那个两脚没有的洋囡，我说还是包包好，寄到日本去吧！回头他们去买一个新的时候，怕又要破费几角钱哩。

昨天一个朋友来说他读到《歧路》，真的眼泪出了。我劝他小心些，这句话不要说出来叫人家听见，恐怕有人要说他的眼泪不值钱。他说近来他也感染了一种感伤病，不晓得怎么的，感情好像回返小孩子时代去了。说到这里，他忽而眼圈又红了起来，叫了我一声："达夫！我……我可惜没有钱。"我也对他呆看了半晌，后来他一句话也不说，立起身来就走，我也默默地送他出门去了。（这样的朋友，上我这里来的很多。他们近来知道了我的脾气，来的时候，艺术也不谈了，我的几篇无聊的作品和周报季刊的事情也不提起了。有几次我们真有主客两人相对，默默而过半点钟的时候。像这样的pause的中间，我觉得我的精神上最感得满足。因为有客人在前头，我一时可以不被那一种独坐时常想出来的无聊的空虚思想所侵蚀，而一边这来客又不再言语，我的听取对话和预备回答的那些麻烦注意可以省去。）不过，沫若！我说你那一篇《歧路》写得很可惜，你若不写出来，你至少可以在那一种浓厚的孤独感里浸润好几天。现在写出了之后，我怕你的那一种“凄切的孤单”之感，要减少了吧？

仿吾！我说你还是保守着独身主义，不要想结婚的好！恐怕你若结了婚，一时要失掉你的这孤独之感。而这孤独之感，依我说来，便是艺术的酵素，或者竟可以说是艺术的本身。所以你若结了婚，怕一时要与艺术违离。讲到这里我怕你要反问我：“那么你们呢？你和沫若呢？”是的，我和沫若是一时与艺术离异过的，不过现在我们已经恢复了原来的孤独罢了。

嗳！嗳！不知不觉，已经写到午前三点钟了。

仿吾！沫若！要想写的话，是写不完的，我迟早还是弄几个车钱到上海来一次吧！大约我在北京打算只住到六月，暑假以后，我怎么也要设法回浙江去实行我的乡居的宿愿。若是最近的时期中弄不到车钱，不能够到上海来，那么我们等六月里再见吧！

一个人在途上

郁达夫

>>>

在东车站的长廊下和女人分开以后，自家又剩了孤零丁的一个。频年飘泊惯的两口儿，这一回的离散，倒也算不得什么特别，可是端午节那天，龙儿刚死，到这时候北京城里虽已起了秋风，但是计算起来，去儿子的死期，究竟还只有一百来天。在车座里，稍稍把意识恢复转来的时候，自家就想起了卢骚晚年的作品："孤独散步者的梦想"的头上的几句话。

"自家除了己身以外，已经没有弟兄，没有邻人，没有朋友，没有社会了，自家在这世上，像这样的，已经成了一个孤独者了。……”然而当年的卢骚还有弃养在孤儿院内的五个儿子，而我自己哩，连一个抚育到五岁的儿子还抓不住！

离家的远别，本来也只为想养活妻儿。去年在某大学的被逐，是万料不到的事情。其后兵乱迭起，交通阻绝，当寒冬的十月，会病倒在沪上也是谁也料想不到的。今年二月，好容易到得南方，归息了一年之半，谁知这刚养得出趣的龙儿，又会遭此凶疾呢？

龙儿的病报，本是广州得着，匆促北航，到了上海，接连接了几个北京来的电报，换船到天津，已经是旧历的五月初十。到家之夜，一见了门上的白纸条儿，心里已经是跳得忙乱，从苍茫的暮色里赶到哥哥家中，见了衰病的她，因为在大众之前，勉强将感情压住，草草吃了夜饭，上床就寝，把电灯一灭，两人只有紧抱的痛哭，痛哭，痛哭，只是痛哭，气也换不过来，更哪里有说一句话的余裕？

受苦的时间，的确脱煞过去的太悠徐，今年的夏季，只是悲叹的连续。晚上上床，两口儿，哪敢提一句话？可怜这两个迷散的灵心，在电灯灭黑的黝暗里，所摸走的荒路，每凑集在一条线上，这路的交叉点里，只有一块小小的墓碑，墓碑上只有“龙儿之墓”的四个红字。

妻儿因为在浙江老家内不能和母亲同住，不得已而搬往北京当时我在寄食的哥哥家去，是去年的四月中旬，那时候龙儿正长得肥满可爱，一举一动，处处叫人欢喜。到了五月初，从某地回京，觉得哥哥家太狭小，就在什刹海的北岸，租定了一间渺小的住宅。夫妻两个，日日和龙儿伴乐，闲时也常在北海的荷花深处，及门前的杨柳中带龙儿去走走。这一年的暑假，总算过得快乐，最闲适。

秋风吹叶落的时候，别了龙儿和女人，再上某地大学去为朋友帮忙，当时他们俩还往西车站去送我来哩！这是去年秋晚的事情，想起来还同昨日的情形一样。

过了一月，某地的学校里发生事情，又回京了一次，在什刹海小住了两星期，本来打算不再出京了，然碍于朋友的面子，又不得不于一天寒风刺骨的黄昏，上西车站去乘车。这时候因为怕龙儿要哭，自己和女人，吃过晚饭，便只说要往哥哥家里去，只许他送我们到门口。记得那一天晚上他一个人和老妈子立在门口，等我们俩去了好远，还“爸爸！爸爸！”地叫了几声。啊啊，这几声的呼唤，是我在这世上听到的他叫我的最后的声音。

出京之后，到某地住了一宵，就匆促往上海。接续便染了病，遇了强盗辈的争夺政权，其后赴南方暂住，一直到今年的五月，才返北京。

想起来，龙儿实在是一个填债的儿子，是当乱离困厄的这几年中间，特来安慰我和他娘的愁闷的使者！

自从他在安庆生落地以来，我自己没有一天脱离过苦闷，没有一处安住到五个月以上。我的女人，夜夜和我分担着十字架的重负，只是东西南北的奔波飘泊。当然日夜难安，悲苦得不了的时候，只叫他的笑脸一开，女人和我就可以把一切穷愁，丢在脑后。而今年五月初十待我赶到北京的时候，他的尸体，早已在妙光阁的广谊园地下躺着了。

他的病，说是脑膜炎。自从得病之日起，一直到旧历端午节的午时绝命的时候止，中间经过有一个多月的光景。平时被我们宠坏了的他，听说此番病里，却乖顺得非常。叫他吃药，他就大口的吃，叫他用冰枕，他就很柔顺地躺上。病后还能说话的时候，只问他的娘，“爸爸几时回来？”“爸爸在上海为我定做的小皮鞋，已经做好了没有？”我的女人，于惑乱之余，每幽幽地问他：“龙！你晓得你这一场病，会不会死的？”他老是很不愿意地回答说：“哪儿会死的哩？”据女人含泪的告诉我说，他的谈吐，绝不似一个五岁的小儿。

未病之前一个月的时候，有一天午后他在门口玩耍，看见西面来了一乘马车，马车里坐着一个带灰白帽子的青年。他远远看见，就急忙丢下了伴侣，跑进屋里叫他娘出来，说：“爸爸回来了，爸爸回来了！”因为我去年离京时所带的，是一样的一顶白灰呢帽。他娘跟他出来到门前，马车已经过去了。他就死劲地拉住了他娘，哭喊着说：“爸爸怎么不家来吓？爸爸怎么不家来吓？”他娘说慰了半天，他还尽是哭着，这也是他娘含泪和我说的。现在回想起来，自己实在不该抛弃了他们，一个人在外面流荡，致使那小小的灵心，常有望远思亲之痛。

去年六月，搬往什刹海之后，有一次我们在堤上散步，因为他看见了人家的汽车，硬是哭着要坐，被我痛打了一顿。又有一次，他是因为要穿洋服，受了我的毒打。这实在只能怪我做父亲的没有能力，不能做洋服给他穿、雇汽车给他坐。早知他要这样的早死，我就是典当抢劫，也应该去弄一点钱来，满足他无邪的欲望，到现在追想起来，实在觉得对他不起，实在是我太无容人之量了。

我女人说，他濒死的前五天，在病院里，叫了几夜的爸爸。她问他“叫爸爸干什么？”他又不响了，停一会儿，就又再叫起来，到了旧历五月初三日，他已入了昏迷状态，医师替他抽骨髓，他只会直叫一声“干吗？”喉头的气管，咯咯在抽咽，眼睛只往上吊送，口头流些白沫，然而一口气总不肯断。他娘哭叫几声“龙！龙！”他的眼角上，就迸流下眼泪出来，后来他娘看他苦得难过，倒对他说：“龙，你若是没有命的，就好好的去吧！你是不是想等爸爸回来，就是你爸爸回来，也不过是这样的替你医治罢了。龙！你有什么不了的心愿呢？龙！与其这样的抽咽受苦，你还不如快快的去吧！”他听了这段话，眼角上的眼泪，更是涌流得厉害。到了旧历端午节的午时，他竟等不着我的回来，终于断气了。

丧葬之后，女人搬往哥哥家里，暂住了几天。我于五月十日晚上，下车赶到什刹海的寓宅，打门打了半天，没有应声。后来抬头一看，才见了一张告示邮差送信的白纸条。

自从龙儿生病以后连日连夜看护久已倦了的她，又哪里经得起最后的这一个打击？自己当到京之后，见了她的衰容，见了她的眼泪，又哪里能够不痛哭呢？

在哥哥家里小住了两三天，我因为想追求龙儿生前的遗迹，一定要女人和我仍复搬回什刹海的住宅去住它一两个月。

搬回去那天，一进上屋的门，就见了一张被他玩破的今年正月里的花灯。听说这张花灯，是南城大姨妈送他的，因为他自家烧破了一个窟窿，他还哭过好几次来的。

其次，便是上房里砖上的几堆烧纸钱的痕迹！当他下殓时烧的。

院子有一架葡萄，两颗枣树，去年采取葡萄枣子的时候，他站在树下，兜起了大褂，仰头在看树上的我。我摘取一颗，丢入了他的大褂斗里，他的哄笑声，要继续到三五分钟，今年这两颗枣树结满了青青的枣子，风起的半夜里，老有熟极的枣子辞枝自落，女人和我，睡在床上，有时候且哭且谈，总要到更深人静，方能入睡。在这样的幽幽的谈话中间，最怕听的，就是滴答的坠枣之声。

到京的第二日，和女人去看他的坟墓。先在一家南纸铺里买了许多冥府的钞票，预备去烧送给他，直到了妙光阁的广谊园茔地门前，她方从呜咽里清醒过来，说："这是钞票，他一个小孩如何用得呢？”就又回车转来，到琉璃厂去买了些有孔的纸钱。她在坟前哭了一阵，把纸钱烧化的时候，却叫着说：“这一堆是钞票，你收在那里，待长大了的时候再用。要买什么，你先拿这一堆钱去用吧。”

这一天在他的坟上坐着，我们直到午后七点，太阳平西的时候，才回家来。临走的时候，他娘还哭叫着说：“龙！龙！你一个人在这里不怕冷静的么？龙！龙！人家若来欺你，你晚上来告诉娘罢！你怎么不想回来了呢？你怎么梦也不来托一个呢？”

箱子里，还有许多散放着的他的小衣服。今年北京的天气，到七月中旬，已经是很冷了。当微凉的早晚，我们俩都想换上几件夹衣，然而因为怕见他旧时的夹衣袍袜，我们俩却尽是一天一天的挨着，谁也不说出口来，说“要换上件夹衫。”

有一次和女人在那里睡午觉，她骤然从床上坐了起来，鞋也不拖，光着袜子，跑上了上房起坐室里，并且更掀帘跑上外面院子里去。我也莫名其妙跟着她跑到外面的时候，只见她在那里四面找寻什么。找寻不着，呆立了一会，她忽然放声哭了起来，并且抱住了我急急地追问说：“你听不听见？你听不听见？”哭完之后，她才告诉我说，在半醒半睡的中间，她听见“娘！娘！”地叫了几声，的确是龙的声音，她很坚硬地说：“的确是龙回来了。”

北京的朋友亲戚，为安慰我们起见，今年夏天常请我们俩去吃饭听戏，她老不愿意和我同去，因为去年的六月，我们无论上哪里去玩，龙儿是常和我们在一处的。

今年的一个暑假，就是这样的，在悲叹和幻梦的中间消逝了。

这一回南方来催我就道的信，过于匆促，出发之前，我觉得还有一件大事情没有做了。

中秋节前新搬了家，为修理房屋，部署杂事，就忙了一个星期，又因了种种琐事，不能抽出空来，再上龙儿的墓地去探望一回。女人上东车站来送我上车的时候，我心里尽是酸一阵痛一阵的在回念这一件恨事。有好几次想和她说出来，叫她于两三日后再往妙光阁去探望一趟，但见了她的憔悴尽的颜色和苦忍住的凄楚，又终于一句话也没有讲成。

现在去北京远了，去龙儿更远了，自家只一个人，只是孤零丁的一个人。在这里继续此生中大约是完不了的飘泊。

祖父死了的时候

萧　红

>>>

祖父总是有点变样子，他喜欢流起眼泪来，同时过去很重要的事情他也忘掉。比方过去那一些他常讲的故事，现在讲起来，讲了一半下一半他就说："我记不得了。"

某夜，他又病了一次，经过这一次病，他竟说："给你三姑写信，叫她来一趟，我不是四五年没看过她了吗？"他叫我写信给我已经死去五年的姑母。

那次离家是很痛苦的。学校来了开学通知信，祖父又一天一天地变样起来。

祖父睡着的时候，我就躺在他的旁边哭，好像祖父已经离开我死去似的，一面哭着一面抬头看他凹陷的嘴唇。我若死掉祖父，就死掉我一生最重要的一个人，好像他死了就把人间一切“爱”和“温暖”带得空空虚虚。我的心被丝线扎住或铁丝绞住了。

我联想到母亲死的时候。母亲死以后，父亲怎样打我，又娶一个新母亲来。这个母亲很客气，不打我，就是骂，也是指着桌子或椅子来骂我。客气是越客气了，但是冷淡了，疏远了，生人一样。

“到院子去玩玩吧！”祖父说了这话之后，在我的头上撞了一下，“喂！你看这是什么？”一个黄金色的橘子落到我的手中。

夜间不敢到茅厕去，我说：“妈妈同我到茅厕去趟吧。”

“我不去！”

“那我害怕呀！”

“怕什么？”

“怕什么？怕鬼怕神？”父亲也说话了，把眼睛从眼镜上面看着我。

冬天，祖父已经睡下，赤着脚，开着纽扣跟我到外面茅厕去。

学校开学，我迟到了四天。三月里，我又回家一次，正在外面叫门，里面小弟弟嚷着：“姐姐回来了！姐姐回来了！”大门开时，我就远远注意着祖父住着的那间房子。果然祖父的面孔和胡子闪现在玻璃窗里。我跳着笑着跑进屋去。但不是高兴，只是心酸，祖父的脸色更惨淡更白了。等屋子里一个人没有时，他流着泪，他慌慌忙忙地一边用袖口擦着眼泪，一边抖动着嘴唇说：“爷爷不行了，不知早晚……前些日子好险没跌……跌死。”

“怎么跌的？”

“就是在后屋，我想去解手，招呼人，也听不见，按电铃也没有人来，就得爬啦。还没到后门口，腿颤，心跳，眼前发花了一阵就倒下去。没跌断了腰……人老了，有什么用处！爷爷是八十一岁呢。”

“爷爷是八十一岁。”

“没用了，活了八十一岁还是在地上爬呢！我想你看不着爷爷了，谁知没有跌死，我又慢慢爬到炕上。”

我走的那天也是和我回来那天一样，白色的脸的轮廓闪现在玻璃窗里。

在院心我回头看着祖父的面孔，走到大门口，在大门口我仍可看见，出了大门，就被门扇遮断。

从这一次祖父就与我永远隔绝了。虽然那次和祖父告别，并没说出一个永别的字。我回来看祖父，这回门前吹着喇叭，幡竿挑得比房头更高，马车离家很远的时候，我已看到高高的白色幡竿了，吹鼓手们的喇叭在苍凉地悲号。马车停在喇叭声中，大门前的白幡、白对联、院心的灵棚、闹嚷嚷许多人，吹鼓手们响起呜呜的哀号。

这回祖父不坐在玻璃窗里，是睡在堂屋的板床上，没有灵魂地躺在那里。我要看一看他白色的胡子，可是怎样看呢！拿开他脸上蒙着的纸吧，胡子、眼睛和嘴，都不会动了，他真的一点感觉也没有了？我从祖父的袖管里去摸他的手，手也没有感觉了。祖父这回真死去了啊！

祖父装进棺材里去的那天早晨，正是后园里玫瑰花开放满树的时候。我扯着祖父的一张被角，抬向灵前去。吹鼓手在灵前吹着大喇叭。

我怕起来，我号叫起来。

“咣咣！”黑色的、半尺厚的灵柩盖子压上去。

吃饭的时候，我饮了酒，用祖父的酒杯饮的。饭后我跑到后园玫瑰树下去卧倒，园中飞着蜂子和蝴蝶，绿草的清凉的气味，这都和十年前一样。可是十年前死了妈妈。妈妈死后我仍是在园中扑蝴蝶；这回祖父死去，我却饮了酒。

过去的十年我是和父亲打斗着生活。在这期间我觉得人是残酷的东西。父亲对我是没有好面孔的，对于仆人也是没有好面孔的，他对于祖父也是没有好面孔的。因为仆人是穷人，祖父是老人，我是个小孩子，所以我们这些完全没有保障的人就落到他的手里。后来我看到新娶来的母亲也落到他的手里，他喜欢她的时候，便同她说笑，他恼怒时便骂她，母亲渐渐也怕起父亲来。

母亲也不是穷人，也不是老人，也不是孩子，怎么也怕起父亲来呢？我到邻家去看看，邻家的女人也是怕男人。我到舅家去，舅母也是怕舅父。

我懂得的尽是些偏僻的人生，我想世间死了祖父，就没有再同情我的人了，世间死了祖父，剩下的尽是些凶残的人了。

我饮了酒，回想，幻想……

以后我必须不要家，到广大的人群中去，但我在玫瑰树下颤怵了，人群中没有我的祖父。

所以我哭着，整个祖父死的时候我哭着。

扬州旧梦寄语堂

郁达夫

>>>

语堂兄：

乱掷黄金买阿娇，穷来吴市再吹箫。

箫声远渡江淮去，吹到扬州廿四桥。

这是我在六七年前——记得是1928年的秋天，写那篇《感伤的行旅》时瞎唱出来的歪诗。那时候的计划，本想从上海出发，先在苏州下车，然后去无锡，游太湖，过常州，达镇江，渡瓜步，再上扬州去的。但一则因为苏州在戒严，再则因在太湖边上受了一点虚惊，故而中途变计，当离无锡的那一天晚上，就直到了扬州城里。旅途不带诗韵，所以这一首打油诗的韵脚，是姜白石的那一首“小红唱曲我吹箫”的老调，系凭着了车窗，看看斜阳衰草、残柳芦苇，哼出来的莫名其妙的山歌。

我去扬州，这时候还是第一次。梦想着扬州的两字，在声调上，在历史的意义上，真是如何地艳丽，如何地够使人魂销而魄荡！

竹西歌吹，应是玉树后庭花的遗音；萤苑迷楼，当更是临春结绮等沉檀香阁的进一步的建筑。此外的锦帆十里，殿脚三千，后土祠琼花万朵，玉钩斜青冢双行，计算起来，扬州的古迹、名区，以及山水佳丽的地方，总要有三年零六个月才逛得遍。唐宋文人的倾倒于扬州，想来一定是有一种特别见解的。小杜的“青山隐隐水迢迢”，与“十年一觉扬州梦”，还不过是略带感伤的诗句而已，至如“君王忍把平陈业，只换雷塘数亩田”“人生只合扬州死，禅智山光好墓田”，那简直是说扬州可以使你的国亡，可以使你的身死，而也决无后悔的样子了，这还了得！

在我梦想中的扬州，实在太不诗意，太富于六朝的金粉气了，所以那一次从无锡上车之后，就是到了我所最爱的北固山下，亦没有心思停留半刻，便匆匆地渡过了江去。

长江北岸，是有一条公共汽车路筑在那里的，一落渡船，就可以向北直驶，直达到扬州南门的福运门边。再过一条城河，便进扬州城了，就是一千四五百年以来，为我们历代的诗人骚客所赞叹不止的扬州城，也就是你家黛玉他爸爸，在此撇下了孤儿升天成佛去的扬州城！

但我在到扬州的一路上，所见的风景，都平坦萧杀，没有一点令人可以留恋的地方，因而想起了晁无咎的《赴广陵道中》的诗句：

醉卧符离太守亭，别都弦管记曾称。
淮山杨柳春千里，尚有多情忆小胜。
急鼓冬冬下泗州，却瞻金塔在中流。
幌开朝日初生处，船转春山欲尽头。
杨柳青青欲哺乌，一春风雨暗隋渠。
落帆未觉扬州远，已喜淮阴见白鱼。

才晓得他自安徽北部下泗州，经符离（现在的宿县）由水道而去的，所以得见到许多景致，至少至少，也可以看到两岸的垂杨和江中的浮屠鱼类。而我去的一路呢，却只见了些道路树的洋槐，和秋收已过的沙田万顷，别的风趣，简直没有。连绿杨城郭是扬州的本地风光，就是自隋朝以来的堤柳，也看见得很少。

到了福运门外，一见了那一座新修的城楼，以及写在那洋灰壁上的三个福运门的红字，更觉得兴趣索然了。在这一种城门之内的亭台园囿，或楚馆秦楼，哪里会有诗意呢？

进了城去，果然只见到些狭窄的街道，和低矮的市廛，在一家新开的绿杨大旅社里住定之后，我的扬州好梦，已经醒了一半了。入睡之前，我原也去逛了一下街市，但是灯烛辉煌，歌喉宛转的太平景象，竟一点儿也没有。“扬州的好处，或者是在风景，明天去逛瘦西湖、平山堂，大约总特别的会使我满足，今天且好好儿的睡它一晚，先养养我的脚力吧！”这是我自己替自己解闷的想头，一半也是真心诚意，想驱逐驱宿娼的邪念的一道符咒。

第二天一早起来，先坐了黄包车出天宁门去游平山堂。天宁门外的天宁寺，天宁寺后的重宁寺，建筑的确伟大，庙貌也十分的壮丽；可是不知为了什么，寺里不见一个和尚，极好的黄松材料，都断的断，拆的拆了，像许久不经修理的样子。时间正是暮秋，那一天的天气又是阴天，我身到了这大伽蓝里，四面不见人影，仰头向御碑佛以及屋顶一看，满身出了一身冷汗，毛发都倒竖起来了，这一种阴戚戚的冷气，叫我用什么文字来形容呢？

回想起二百年前，高宗南幸，自天宁门到蜀冈，七八里路，尽用白石铺成，上面雕栏曲槛，有一道像颐和园昆明湖上似的长廊通道，直达至平山堂下，黄旗紫盖，翠辇金轮，妃嫔成队，侍从如云的盛况，和现在的这一条黄沙曲路，只见衰草牛羊的萧条野景来一比，实在是差得太远了。当然颓井废垣，也有一种令人发思古之幽情的美感，所以鲍明远会作出那篇《芜城赋》来；但我去的时候的扬州北郭，实在太荒凉了，荒凉得连感慨都叫人抒发不出。

到了平山堂东面的功得山观音寺里，吃了一碗清茶，和寺僧谈起这些景象，才晓得这几年来，兵去则匪至，匪去则兵来，住的都是城外的寺院。寺的坍败，原是应该，和尚的逃散，也是不得已的。就是蜀冈的一带，三峰十余个名刹，现在有人住的，只剩下了这一个观音寺了，连正中峰有平山堂在的法净寺里，此刻也没有了住持的人。

平山堂一带的建筑，点缀，园囿，都还留着有一个旧日的轮廓；像平远楼的三层高阁，依然还在，可是门窗却没有了，西园的池水以及第五泉的泉路，都还看得出来，但水却干涸了，从前的树木、花草、假山、叠石，并其他的精舍亭园，现在只剩下许多痕迹，有的简直连遗址都无寻处。

我在平山堂上，瞻仰了一番欧阳公的石刻像后，只能屁也不放一个，悄悄的又回到了城里。午后想坐船了，去逛的是瘦西湖小金山五亭桥的一角。

在这一角清淡的小天地里，我却看到了扬州的好处。因为地近城区，所以荒废也并不十分厉害；小金山这面的临水之处，并且还有一位军阀的别墅（徐园）建筑在那里，结构尚新，大约总还是近年来的新筑。从这一块地方，看向五亭桥法海塔去的一面风景，真是典丽斋皇，完全像北平中南海的气象。至于近旁的寺院之类，却又因为年久失修，谈不上了。

瘦西湖的好处，全在水树的交映，与游程的曲折；秋柳影下，有红蓼青蘋，散浮在水面，扁舟擦过，还听得见水草的鸣声，似在暗泣。而几个弯儿一绕，水面阔了，猛然间闯入眼来的，就是那一座有五个整齐金碧的亭子排立着的白石平桥，比金鳌玉蝀，虽则短些，可是东方建筑的古典趣味，却完全荟萃在这一座桥，这五个亭上。

还有船娘的姿势，也很优美；用以撑船的，是一根竹竿，使劲一撑，竹竿一弯，同时身体靠上去着力，臂部腰部的曲线，和竹竿的线条，配合得异常匀称，异常复杂。若当暮雨潇潇的春日，雇一个容颜姣好的船娘，携酒与茶，来瘦西湖上回游半日，倒也是一种赏心的乐事。

船回到了天宁门外的码头，我对那位船娘，却也有点儿依依难舍的神情，所以就出了一个题目，要她在岸上再陪我一程。我问她："这近边还有好玩的地方没有？"她说："还有史公祠。"于是说由她带路，抄过了天宁门，向东走到了梅花岭下。瓦屋数间，荒坟一座，有的人还说坟里面葬着的只是史阁部的衣冠，看也原没有什么好看；但是一部《廿四史》掉尾的这一位大忠臣的战绩，是读过明史的人，无不为之泪下的；况且经过《桃花扇》作者的一描，更觉得史化的忠肝义胆，活跃在纸上了。我在祠墓的中间立着想着，穿来穿去地走着，竟耽搁了那一位船娘不可少的时间。本来是阴沉短促的晚秋天，到此竟垂垂欲暮了，更向东踏上了梅花岭的斜坡，我的唱山歌的老病又发作了，就顺口唱出了这么的二十八个字：

三百年来土一丘，史公遗爱满扬州；

二分明月千行泪，并作梅花岭下秋。

写到这里，本来是可以搁笔了，以一首诗起，更以一首诗终，岂不很合鸳鸯蝴蝶的体裁么，但我还想加上一个总结，以醒醒你的骑鹤上扬州的迷梦。

总之，自大业初开邗沟入江渠以来，这扬州一郡，就成了中国南北交通的要道；自唐历宋，直到清朝，商业集中于此，冠盖也云屯在这里。既有了有产及有势的阶级，则依附这阶级而生存的奴隶阶级，自然也不得不产生。贫民的儿女，就被他们迫作婢妾，于是乎就有了杜牧之的青楼薄幸之名。所谓“春风十里扬州路”者，盖指此。有了有钱的老爷和美貌的名娼，则饮食起居（园亭），衣饰犬马，名歌艳曲，才士雅人（帮闲食客），自然不得不随之而俱兴，所以要腰缠十万贯，才能逛扬州者，以此。但是铁路开后，扬州就一落千丈，萧条到了极点。从前的运使、河督之类，现在也已经驻上了别处；殷实商户，巨富乡绅，自然也分迁到了上海或天津等洋大人的保护之区，故而目下的扬州只剩了一个历史上的剥制的虚壳，内容便什么也没有了。

扬州之美，美在各种的名字，如绿杨村、廿四桥、杏花村舍、邗上农桑、尺五楼、一粟庵等；可是你若辛辛苦苦，寻到了这些最风雅也没有的名称的地方，也许只有一条断石，或半间泥房，或者简直连一条断石，半间泥房都没有的。张陶庵有一册书，叫作《西湖梦寻》，是说往日的西湖如何可爱，现在却不对了，可是你若到扬州去寻梦，那恐怕要比现在的西湖还更不如。

你既不敢游杭，我劝你也不必游扬，还是在上海梦里想象想象欧阳公的平山堂，王阮亭的红桥，《桃花扇》里的史阁部，《红楼梦》里的林如海，以及盐商的别墅，乡宦的妖姬，倒来得好些。枕上的卢生，若长不醒，岂非快事。一遇现实，那里还有Dichtung呢！

辑五

倾城春色，终只是繁华过往

路

缪崇群

>>>

我已经走过很长很长的路；想象中的路也有很远很远。别人指示过我不少的路，在书上，在图画里，我还看见或意会过许多的路，路实在是很多，但我从来不能记忆那些路的名字（那些路都有名字吗？），并且也不知道哪条路是通达的，哪条路迂回？哪条路是正确的，哪条路分歧？……所有的这些路走到一个什么地方去？

我跋涉，我奔跑，我踯躅，我趑趄……在那些不同的路上，然而我也不曾辨别过，哪条路是平坦的，哪条路坎坷；哪条路险阻，哪条路光明……

甚至于我有时候全般的怀疑了：路在哪儿？路到底在哪儿？所有的路，莫非是骗人的，莫非是象征，仅只是一种象征吗？人和人为什么稀有着在一条路上的同伴呢？路果真是太多了么？每一个人都各自走着他的一条路么？……

刚才，我听见一个女人说：

“当初，他总是和我并着肩走，我害羞，我催他走向先头，他不应，他唯恐这条路一下就会走完。现在，他总是把我落在背后，我请求他稍稍等待，我召唤他和我迈着同样的步子，他却毫不反顾，好像唯恐这条路不能赶快地走到尽头。”

我沉思着：路纵然不是一种象征，路是什么呢？原来，世界上没有同样的一条路，也没有在一条路上并肩同行的人。

匆　匆

朱自清

>>>

燕子去了，有再来的时候；杨柳枯了，有再青的时候；桃花谢了，有再开的时候。但是，聪明的，你告诉我，我们的日子为什么一去不复返呢？——是有人偷了他们罢：那是谁？又藏在何处呢？是他们自己逃走了罢——如今又到了哪里呢？

我不知道他们给了我多少日子，但我的手确乎是渐渐空虚了。在默默里算着，八千多日子已经从我手中溜去，像针尖上一滴水滴在大海里，我的日子滴在时间的流里，没有声音，也没有影子。我不禁头涔涔而泪潸潸了。

去的尽管去了，来的尽管来着；去来的中间，又怎样地匆匆呢？早上我起来的时候，小屋里射进两三方斜斜的太阳。太阳他有脚啊，轻轻悄悄地挪移了；我也茫茫然跟着旋转。于是——洗手的时候，日子从水盆里过去；吃饭的时候，日子从饭碗里过去；默默时，便从凝然的双眼前过去。我觉察他去的匆匆了，伸出手遮挽时，他又从遮挽着的手边过去。天黑时，我躺在床上，他便伶伶俐俐地从我身上跨过，从我脚边飞去了。等我睁开眼和太阳再见，这算又溜走了一日。我掩着面叹息。但是新来的日子的影儿又开始在叹息里闪过了。

在逃去如飞的日子里，在千门万户的世界里的我能做些什么呢？只有徘徊罢了，只有匆匆罢了；在八千多日的匆匆里，除徘徊外，又剩些什么呢？过去的日子如轻烟，被微风吹散了，如薄雾，被初阳蒸融了；我留着些什么痕迹呢？我何曾留着像游丝样的痕迹呢？我赤裸裸来到这世界，转眼间也将赤裸裸的回去罢？但不能平的，为什么偏要白白走这一遭啊？

你聪明的，告诉我，我们的日子为什么一去不复返呢？

好的故事

鲁　迅

>>>

灯火渐渐地缩小了，在预告石油的已经不多；石油又不是老牌，早熏得灯罩很昏暗。鞭爆的繁响在四近，烟草的烟雾在身边：是昏沉的夜。

我闭了眼睛，向后一仰，靠在椅背上，捏着《初学记》的手搁在膝髁上。

我在蒙眬中，看见一个好的故事。

这故事很美丽，幽雅，有趣。许多美的人和美的事，错综起来像一天云锦，而且万颗奔星似的飞动着，同时又展开去，以至于无穷。

我仿佛记得坐小船经过山阴道，两岸边的乌桕，新禾，野花，鸡，狗，丛树和枯树，茅屋，塔，伽蓝，农夫和村妇，村女，晒着的衣裳，和尚，蓑笠，天，云，竹，……都倒影在澄碧的小河中，随着每一打桨，各各夹带了闪烁的日光，并水里的萍藻游鱼，一同荡漾。诸影诸物，无不解散，而且摇动，扩大，互相融和；刚一融和，却又退缩，复近于原形。边缘都参差如夏云头，镶着日光，发出水银色的焰。凡是我所经过的河，都是如此。

我所见的故事也如此。水中的青天的底子，一切事物统在上面交错，织成一篇，永是生动，永是展开，我看不见这一篇的结束。

河边枯柳树下的几株瘦削的一丈红，该是村女种的罢。大红花和斑红花，都在水里面浮动，忽而碎散，拉长了，如缕缕的胭脂水，然而没有晕。茅屋，狗，塔，村女，云，……也都浮动着。大红花一朵朵全被拉长了，这时是泼剌奔进的红锦带。带织入狗中，狗织入白云中，白云织入村女中……在一瞬间，他们又将退缩了。但斑红花影也已碎散，伸长，就要织进塔、村女、狗、茅屋、云里去。

我所见的故事清楚起来了，美丽，幽雅，有趣，而且分明。青天上面，有无数美的人和美的事，我一一看见，一一知道。

我就要凝视他们……

我正要凝视他们时，骤然一惊，睁开眼，云锦也已皱蹙，凌乱，仿佛有谁掷一块大石下河水中，水波陡然起立，将整篇的影子撕成片片了。我无意识地赶忙捏住几乎坠地的《初学记》，眼前还剩着几点虹霓色的碎影。

我真爱这一篇好的故事，趁碎影还在，我要追回他，完成他，留下他。我抛了书，欠身伸手去取笔——何尝有一丝碎影，只见昏暗的灯光，我不在小船里了。

但我总记得见过这一篇好的故事，在昏沉的夜……

春来忆广州

老　舍

>>>

我爱花。因气候、水土等等关系，在北京养花，颇为不易。冬天冷，院里无法摆花，只好都搬到屋里来。每到冬季，我的屋里总是花比人多。形势逼人！屋中养花，有如笼中养鸟，即使用心调护，也养不出个样子来。除非特建花室，实在无法解决问题。我的小院里，又无隙地可建花室！

一看到屋中那些半病的花草，我就立刻想起美丽的广州来。去年春节后，我不是到广州住了一个月吗？哎呀，真是了不起的好地方！人极热情，花似乎也热情！大街小巷，院里墙头，百花齐放，欢迎客人，真是“交友看花在广州”啊！

在广州，对着我的屋门便是一株象牙红，高与楼齐，盛开着一丛丛红艳夺目的花儿，而且经常有些很小的小鸟，钻进那朱红的小“象牙”里，如蜂采蜜。真美！只要一有空儿，我便坐在阶前，看那些花与小鸟。在家里，我也有一棵象牙红，可是高不及三尺，而且是种在盆子里。它入秋即放假休息，入冬便睡大觉，且久久不醒，直到端阳左右，它才开几朵先天不足的小花，绝对没有那种秀气的小鸟作伴！现在，它正在屋角打盹，也许跟我一样，正想念它的故乡广东吧？

春天到来，我的花草还是不易安排：早些移出去吧，怕风霜侵犯；不搬出去吧，又都发出细条嫩叶，很不健康。这种细条子不会长出花来。看着真令人焦心！

好容易盼到夏天，花盆都运至院中，可还不完全顺利。院小，不透风，许多花儿便生了病。特别由南方来的那些，如白玉兰、栀子、茉莉、小金桔、茶花……也不怎么就叶落枝枯，悄悄死去。因此，我打定主意，在买来这些比较娇贵的花儿之时，就认为它们不能长寿，尽到我的心，而又不作幻想，以免枯死的时候落泪伤神。同时，也多种些叫它死也不肯死的花草，如夹竹桃之类，以期老有些花儿看。

夏天，北京的阳光过暴，而且不下雨则已，一下就是倾盆倒海而来，势不可当，也不利于花草的生长。

秋天较好。可是忽然一阵冷风，无法预防，娇嫩些的花儿就受了重伤。于是，全家动员，七手八脚，往屋里搬呀！各屋里都挤满了花盆，人们出来进去都须留神，以免绊倒！

真羡慕广州的朋友们，院里院外，四季有花，而且是多么出色的花呀！白玉兰高达数丈，干子比我的腰还粗！英雄气概的木棉，昂首天外，开满大红花，何等气势！就连普通的花儿，四季海棠与绣球什么的，也特别壮实，叶茂花繁，花小而气魄不小！看，在冬天，窗外还有结实累累的木瓜呀！真没法儿比！一想起花木，也就更想念朋友们！朋友们，快作几首诗来吧，你们的环境是充满了诗意的呀！

春节到了，朋友们，祝你们花好月圆人长寿，新春愉快，工作顺利！

北平的春天

老　舍

>>>

中秋前后是北平最美丽的时候。天气正好不冷不热，昼夜的长短也划分得平均。没有冬季从蒙古吹来的黄风，也没有伏天里挟着冰雹的暴雨。天是那么高，那么蓝，那么亮，好像是含着笑告诉北平的人们：在这些天里，大自然是不会给你们什么威胁与损害的。西山北山的蓝色都加深了一些，每天傍晚还披上各色的霞帔。

在太平年月，街上的高摊与地摊，和果店里，都陈列出只有北平人才能一一叫出名字来的水果。各种各样的葡萄，各种各样的梨，各种各样的苹果，已经叫人够看够闻够吃的了，偏偏又加上那些又好看好闻好吃的北平特有的葫芦形的大枣，清香甜脆的小白梨，像花红那样大的白海棠，还有只供闻香儿的海棠木瓜，与通体有金星的香槟子，再配上为拜月用的，贴着金纸条的枕形西瓜，与黄的红的鸡冠花，可就使人顾不得只去享口福，而是已经辨不清哪一种香味更好闻，哪一种颜色更好看，微微的有些醉意了！

那些水果，无论是在店里或摊子上，又都摆列的那么好看，果皮上的白霜一点也没蹭掉，而都被摆成放着香气的立体的图案画，使人感到那些果贩都是些艺术家，他们会使美的东西更美一些。况且，他们还会唱呢！他们精心的把摊子摆好，而后用清脆的嗓音唱出有腔调的“果赞”：“唉——一毛钱儿来耶，你就挑一堆我的小白梨儿，皮儿又嫩，水儿又甜，没有一个虫眼儿，我的小嫩白梨儿耶！”歌声在香气中颤动，给苹果葡萄的静丽配上音乐，使人们的脚步放慢，听着看着嗅着北平之秋的美丽。

同时，良乡的肥大的栗子，裹着细沙与糖蜜在路旁唰啦唰啦地炒着，连锅下的柴烟也是香的。“大酒缸”门外，雪白的葱白正拌炒着肥嫩的羊肉；一碗酒，四两肉，有两三毛钱就可以混个醉饱。高粱红的河蟹，用席篓装着，沿街叫卖，而会享受的人们会到正阳楼去用小小的木锤，轻轻敲裂那毛茸茸的蟹脚。

同时，在街上的“香艳的”果摊中间，还有多少个兔儿爷摊子，一层层的摆起粉面彩身，身后插着旗伞的兔儿爷——有大有小，都一样的漂亮工细，有的骑着老虎，有的坐着莲花，有的肩着剃头挑儿，有的背着鲜红的小木柜；这雕塑的小品给千千万万的儿童心中种下美的种子。

同时，以花为粮的丰台开始一挑一挑地往城里运送叶齐苞大的秋菊，而公园中的花匠，与爱美的艺菊家也准备给他们费了半年多的苦心与劳力所养成的奇葩异种开“菊展”。北平的菊种之多，式样之奇，足以甲天下。

同时，像春花一般骄傲与俊美的青年学生，从清华园，从出产莲花白酒的海甸，从东南西北城，到北海去划船；荷花久已残败，可是荷叶还给小船上的男女身上染上一些清香。

同时，那文化过熟的北平人，从一入八月就准备给亲友们送节礼了。街上的铺店用各式的酒瓶，各种馅子的月饼，把自己打扮得像鲜艳的新娘子；就是那不卖礼品的铺户也要凑个热闹，挂起秋节大减价的绸条，迎接北平之秋。

北平之秋就是人间的天堂，也许比天堂更繁荣一点呢！

水样的春愁

郁达夫

>>>

洋学堂里的特殊科目之一，自然是伊利哇拉的英文。现在回想起来，虽不免有点觉得好笑，但在当时，杂在各年长的同学当中，和他们一样地曲着背，耸着肩，摇摆着身体，用了读《古文辞类纂》的腔调，高声朗诵着皮衣啤、皮哀排的精神，却真是一点儿含糊苟且之处都没有的。初学会写字母之后。大家所急于想一试的，是自己的名字的外国写法；于是教英文的先生，在课余之暇就又多了一门专为学生拼英文名字的工作。有几位想走捷径的同学，并且还去问过先生，外国百家姓和外国三字经有没有得买的？先生笑着回答说，外国百家姓和三字经，就只有你们在读的那一本泼刺玛的时候，同学们于失望之余，反更是皮哀排、皮衣啤地叫得起劲。当然是不用说的，学英文还没有到一个礼拜，几本当教科书用的《十三经注疏》《御批通鉴辑览》的黄封面上，大家都各自用墨水笔题上了英文拼的歪斜的名字。又进一步，便是用了异样的发音，操英文说着“你是一只狗”“我是你的父亲”之类的话，大家互讨便宜的混战。而实际上，有几位乡下的同学，却已经真的是两三个小孩子的父亲了。

因为一班之中，我的年龄算最小，所以自修室里，当监课的先生走后，另外的同学们在密语着哄笑着的关于男女的问题，我简直一点儿也感不到兴趣。从性知识发育落后的一点上说，我确不得不承认自己是一个最低能的人。又因自小就习于孤独，困于家境的结果，怕羞的心，畏缩的性，更使我的胆量，变得异常的小。在课堂上，坐在我左边的一位同学，年纪只比我大了一岁，他家里有几位相貌长得和他一样美的姊妹，并且住得也和学堂很近很近。因此，在校里，他就是被同学们苦缠得最厉害的一个；而礼拜天或假日，他的家里，就成了同学们的聚集的地方。当课余之暇，或放假期里，他原也恳切地邀过我几次，邀我上他家里去玩去；但形秽之感，终于把我的向往之心压住，曾有好几次想决心跳了他上他家去，可是到了他们的门口，却又同罪犯似的逃了。他以他的美貌，以他的财富和姊妹，不但在学堂里博得了绝大的声势，就是在我们那小小的县城里，也赢得了一般的好誉。而尤其使我羡慕的，是他的那一种对同我们是同年辈的异性们的周旋才略，当时我们县城里的几位相貌比较艳丽一点的女性，个个是和他要好的，但他也实在真胆大，真会取巧。

当时同我们是同年辈的女性，装饰入时，态度豁达，为大家所称道的，有三个。一个是一位在上海开店，富甲一邑的商人赵某的侄女；她住得和我最近。还有两个，也是比较富有的中产人家的女儿，在交通不便的当时，已经各跟了她们家里的亲戚，到杭州上海等地方去跑跑了；她们俩，却都是我那位同学的邻居。这三个女性的门前，当傍晚的时候，或月明的中夜，老有一个一个的黑影在徘徊；这些黑影的当中，有不少却是我们的同学。因为每到礼拜一的早晨，没有上课之先，我老听见有同学们在操场上笑说在一道，并且时时还高声地用着英文作了隐语，如“我看见她了！”“我听见她在读书”之类。而无论在什么地方于什么时候的凡关于这一类的谈话的中心人物，总是课堂上坐在我的右边，年龄只比我大一岁的那一位天之骄子。

赵家的那位少女，皮色实在细白不过，脸形是瓜子脸；更因为她家里有了几个钱，而又时常上上海她叔父那里去走动的缘故，衣服式样的新异，自然可以不必说，就是做衣服的材料之类，也都是当时未开通的我们所不曾见过的。她们家里，只有一位寡母和一个年轻的女仆，而住的房子却很大很大。门前是一排柳树，柳树下还杂种着些鲜花；对面的一带红墙，是学宫的泮水围墙，泮池上的大树，枝叶垂到了墙外，红绿便映成着一色。当浓春将过，首夏初来的春三四月，脚踏着日光下石砌路上的树影，手捉着扑面飞舞的杨花，到这一条路上去走走，就是没有什么另外的奢望，也很有点像梦里的游行，更何况楼头窗里，时常会有那一张少女的粉脸出来向你抛一眼两眼的低眉斜视呢！此外的两个女性，相貌更是完整，衣饰也尽够美丽，并且因为她俩的住址接近，出来总在一道，平时在家，也老在一处，所以胆子也大，认识的人也多。她们在二十余年前的当时，已经是开放得很，有点像现代的自由女子了，因而上她们家里去鬼混，或到她们门前去守望的青年，数目特别的多，种类也自然要杂。

我虽则胆量很小，性知识完全没有，并且也有点过分的矜持，以为成日地和女孩子们混在一道，是读书人的大耻，是没出息的行为。但到底还是一个亚当的后裔，喉头的苹果，怎么也吐它不出咽它不下，同北方厚雪地下的细草萌芽一样，到得冬来，自然也难免得有些望春之意。老实说将出来，我偶尔在路上遇见她们中间的无论哪一个，或凑巧在她们门前走过一次的时候，心里也着实有点儿难受。

住在我那同学邻近的两位，因为距离的关系，更因为她们的处世知识比我长进，人生经验比我老成得多，和我那位同学当然是早已有过纠葛，就是和许多不是学生的青年男子，也各已有了种种的风说。对于我虽像是一种含有毒汁的妖艳的花，诱惑性或许格外的强烈，但明知我自己绝不是她们的对手，平时不过于遇见的时候有点难以为情的样子，此外倒也没有什么了不得的思慕。可是那一位赵家的少女，却整整地恼乱了我两年的童心。

我和她的住处比较得近，故而三日两头，总有着见面的机会。见面的时候，她或许是无心，只同对于其他的同年辈的男孩子打招呼一样，对我微笑一下，点一点头，但在我却感得同犯了大罪被人发觉了的样子，和她见面一次，马上要变得头昏耳热，胸腔里的一颗心突突地总有半个钟头好跳。因此，我上学去或下课回来，以及平时在家或出外去的时候，总无时无刻不在留心，想避去和她的相见。但遇到了她，等她走过去后，或用功用得很疲乏把眼睛从书本子举起的一瞬间，心里又老在盼望，盼望着她再来一次，再上我的眼面前来立着对我微笑一脸。

有时候从家中进出的人的口里传来，听说“她和她母亲又上上海去了，不知要什么时候回来？”我心里会同时感到一种像释重负又像失去了什么似的忧虑，生怕她从此一去，将永久地不回来了。

同芭蕉叶似的重重包裹着的我这一颗无邪的心，不知在什么地方，透露了消息，终于被课堂上坐在我左边的那位同学看穿了。一个礼拜六的下午，落课之后，他轻轻地拉着了我的手对我说：“今天下午，赵家的那个小丫头，要上倩儿家去，你愿不愿意和我同去一道玩儿？”这里所说的倩儿，就是那两位他邻居的女孩子之中的一个的名字。我听了他的这一句密语，立时就涨红了脸，喘急了气，嗫嚅着说不出一句话来回答他，尽在拼命的摇头，表示我不愿意去，同时眼睛里也水汪汪地想哭出来的样子。而他却似乎已经看破了我的隐衷，得着了我的同意似的用强力把我拖出了校门。

到了倩儿她们的门口，当然又是一番争执，但经他大声的一喊，门里的三个女孩，却同时笑着跑出来了；已经到了她们的面前，我也没有什么别的办法了，自然只好俯着首，红着脸，同被绑赴刑场的死刑囚似的跟她们到了室内。经我那位同学带了滑稽的声调将如何把我拖来的情节说了一遍之后，她们接着就是一阵大笑。我心里有点气起来了，以为她们和他在侮辱我，所以于羞愧之上，又加了一层怒意。但是奇怪得很，两只脚却软落来了，心里虽在想一溜跑走，而腿神经终于不听命令。跟她们再到客房里去坐下，看他们四人捏起了骨牌，我连想跑的心思也早已忘掉，坐将在我那位同学的背后，眼睛虽则时时在注视着牌，但间或得着机会，也着实向她们的脸部偷看了许多次数。等她们的输赢赌完，一餐东道的夜饭吃过，我也居然和她们伴熟，有说有笑了。临走的时候，倩儿的母亲还派了我一个差使，点上灯笼，要我把赵家的女孩送回家去。自从这一回后，我也居然入了我那同学的伙，不时上赵家和另外的两女孩家去进出了；可是生来胆小，又加以毕业考试的将次到来，我和她们的来往，终没有像我那位同学似的繁密。

正当我十四岁的那一年春天（一九〇九，宣统元年己酉），是旧历正月十三的晚上，学堂里于白天给与了我以毕业文凭及增生执照之后，就在大厅上摆起了五桌送别毕业生的酒宴。这一晚的月亮好得很，天气也温暖得像二三月的样子。满城的爆竹，是在庆祝新年的上灯佳节，我于喝了几杯酒后，心里也感到了一种不能抑制的欢欣。出了校门，踏着月亮，我的双脚，便自然而然地走向了赵家。她们的女仆陪她母亲上街去买蜡烛水果等过元宵的物品去了，推门进去，我只见她一个人拖着了一条长长的辫子，坐在大厅上的桌子边上洋灯底下练习写字。听见了我的脚步声音，她头也不朝转来，只曼声地问了一声"是谁？"我故意屏着声，提着脚，轻轻地走上了她的背后，一使劲一口就把她面前的那盏洋灯吹灭了。月光如潮水似地浸满了这一座朝南的大厅，她于一声高叫之后，马上就把头朝这转来。我在月光里看见了她那张大理石似的嫩脸，和黑水晶似的眼睛，觉得怎么也熬忍不住了，顺势就伸出了两只手去，捏住了她的手臂。两人的中间，她也不发一语，我也并无一言，她是扭转了身坐着，我是向她立着的。她只微笑着看看我看看月亮，我也只微笑着看看她看看中庭的空处，虽然此处的动作，轻薄的邪念，明显的表示，一点儿也没有，但不晓得怎样一般满足、深沉、陶醉的感觉，竟同四周的月光一样，包满了我的全身。

两人这样的在月光里沉默着相对，不知过了多久，终于她轻轻地开始说话了："今晚上你在喝酒？""是的，是在学堂里喝的。"到这里我才放开了两手，向她边上的一张椅子里坐了下去。"明天你就要上杭州去考中学去么？"停了一会，她又轻轻地问了一声。"嗳，是的，明朝坐快班船去。"两人又沉默着，不知坐了几多时候，忽听见门外头她母亲和女仆说话的声音渐渐儿的近了，她于是就忙着立起来擦洋火，点上了洋灯。

她母亲进到了厅上，放下了买来的物品，先向我说了些道贺的话，我也告诉了她，明天将离开故乡到杭州去；谈不上半点钟的闲话，我就匆匆告辞出来了。在柳树影里披了月光走回家来，我一边回味着刚才在月光里和她两人相对时的沉醉似的恍惚，一边在心的底里，忽儿又感到了一点极淡极淡，同水一样的春愁。

春风沉醉的晚上

郁达夫

>>>

一

在沪上闲居了半年，因为失业的结果，我的寓所迁移了三处。最初我住在静安寺路南的一间同鸟笼似的永也没有太阳晒着的自由的监房里。这些自由的监房的住民，除了几个同强盗小窃一样的凶恶裁缝之外，都是些可怜的无名文士，我当时所以送了那地方一个Yellow Grub Street的称号。在这Grub Street里住了一个月，房租忽涨了价，我就不得不拖了几本破书，搬上跑马厅附近一家相识的栈房里去。后来在这栈房里又受了种种逼迫，不得不搬了，我便在外白渡桥北岸的邓脱路中间，日新里对面的贫民窟里，寻了一间小小的房间，迁移了过去。

邓脱路的这几排房子，从地上量到屋顶，只有一丈几尺高。我住的楼上的那间房间，更是矮小得不堪。若站在楼板上伸一伸懒腰，两只手就要把灰黑的屋顶穿通的。从前面的弄里踱进了那房子的门，便是房主的住房。在破布、洋铁罐、玻璃瓶、旧铁器堆满的中间，侧着身子走近两步，就有一张中间有几根横档跌落的梯子靠墙摆在那里。用了这张梯子往上面的黑黝黝的一个二尺宽的洞里一接，即能走上楼去。黑沉沉的这层楼上，本来只有猫额那样大，房主人却把它隔成了两间小房，外面一间是一个N烟公司的女工住在那里，我所租的是梯子口头的那间小房，因为外间的住者要从我的房里出入，所以我的每月的房租要比外间的便宜几角小洋。

我的房主，是一个五十来岁的弯腰老人。他的脸上的青黄色里，映射着一层暗黑的油光。两只眼睛是一只大一只小，颧骨很高，额上颊上的几条皱纹里满砌着煤灰，好像每天早晨洗也洗不掉的样子。他每日于八九点钟的时候起来，咳嗽一阵，便挑了一双竹篮出去，到午后的三四点钟仍旧是挑了一双空篮回来的，有时挑了满担回来的时候，他的竹篮里便是那些破布、破铁器、玻璃瓶之类。像这样的晚上，他必要去买些酒来喝喝，一个人坐在床沿上瞎骂出许多不可捉摸的话来。

我与间壁的同寓者的第一次相遇，是在搬来的那天午后。春天的急景已经快晚了的五点钟的时候，我点了一支蜡烛，在那里安放几本刚从栈房里搬过来的破书。先把它们叠成了两方堆，一堆小些，一堆大些，然后把两个二尺长的装画的画架覆在大一点的那堆书上。因为我的器具都卖完了，这一堆书和画架白天要当写字台，晚上可当床睡的。摆好了画架的板，我就朝着这张由书叠成的桌子，坐在小一点的那堆书上吸烟，我的背系朝着梯子的接口的。我一边吸烟，一边在那里呆看放在桌上的蜡烛火，忽而听见梯子口上起了响动，回头一看，我只见了一个自家的扩大的投射影子，此外什么也辨不出来，但我的听觉分明告诉我说："有人上来了。"我向暗中凝视了几秒钟，一个圆形灰白的面貌，半截纤细的女人的身体，方才映到我的眼帘上来。一见了她的容貌，我就知道她是我的间壁的同居者了。因为我来找房子的时候，那房主的老人便告诉我说，这屋里除了他一个人外，楼上只住着一个女工。我一则喜欢房价的便宜，二则喜欢这屋里没有别的女人小孩，所以立刻就租定了的。等她走上了梯子，我才站起来对她点了点头说：

“对不起，我是今朝才搬来的，以后要请你照应。”

她听了我这话，也并不回答，放了一双漆黑的大眼，对我深深地看了一眼，就走上她的门口去开了锁，进房去了。我与她不过这样的见了一面，不晓得是什么原因，我只觉得她是一个可怜的女子。她高高的鼻梁，灰白长圆的面貌，清瘦不高的身体，好像都是表明她是可怜的特征，但是当时正为了生活问题在那里操心的我，也无暇去怜惜这还未曾失业的女工，过了几分钟我又动也不动地坐在那一小堆书上看蜡烛光了。

在这贫民窟里过了一个多礼拜，她每天早晨七点钟去上工和午后六点多钟下工回来，总只见我呆呆地对着了蜡烛或油灯坐在那堆书上。大约她的好奇心被我那痴不痴呆不呆的态度挑动了罢，有一天她下了工走上楼来的时候，我依旧和第一天一样的站起来让她过去。她走到了我的身边忽而停住了脚，看了我一眼，吞吞吐吐好像怕什么似的问我说：“你天天在这里看的是什么书？”

（她操的是柔和的苏州音，听了这一种声音以后的感觉，是怎么也写不出来的，所以我只能把她的言语译成普通的白话。）

我听了她的话，反而脸上涨红了。因为我天天呆坐在那里，面前虽则有几本外国书摊着，其实我的脑筋昏乱得很，就是一行一句也看不进去。有时候我只用了想象在书的上一行与下一行中间的空白里，填些奇异的模型进去。有时候我只把书里边的插画翻开来看看，就了那些插画演绎些不近人情的幻想出来。我那时候的身体因为失眠与营养不良的结果，实际上已经成了病的状态了。况且又因为我的唯一的财产的一件棉袍子已经破得不堪，白天不能走出外面去散步和房里全没有光线进来，不论白天晚上，都要点着油灯或蜡烛的缘故，非但我的全部健康不如常人，就是我的眼睛和脚力，也局部的非常萎缩了。在这样状态下的我，听了她这一问，如何能够不红起脸来呢？所以我只是含含糊糊地回答说："我并不在看书，不过什么也不做呆坐在这里，样子一定不好看，所以把这几本书摊放着的。"她听了这话，又深深地看了我一眼，作了一种不了解的形容，依旧的走到她的房里去了。

那几天里，若说我完全什么事情也不去找，什么事情也不曾干，却是假的。有时候，我的脑筋稍微清新一点下来，也曾译过几首英法的小诗，和几篇不满四千字的德国的短篇小说，于晚上大家睡熟的时候，不声不响的出去投邮，寄投给各新闻的书局。因为当时我的各方面就职的希望，早已经完全断绝了，只有这一方面，还能靠了我的枯燥的脑筋，想想法子看。万一中了他们编辑先生的意，把我译的东西登了出来，也不难得着几块钱的酬报。所以我自迁移到邓脱路以后，当她第一次同我讲话的时候，这样的译稿已经发出了三四次了。

二

在乱昏昏的上海租界里住着，四季的变迁和日子的过去是不容易觉得的。我搬到了邓脱路的贫民窟之后，只觉得身上穿在那里的那件破棉袍子一天一天的重了起来，热了起来，所以我心里想："大约春光也已经老透了罢！"

但是囊中很羞涩的我，也不能上什么地方去旅行一次，日夜只是在那暗室的灯光下呆坐。在一天，大约是午后了，我也是这样的坐在那里，间壁的同住者忽而手里拿了两包用纸包好的物件走了上来，我站起来让她走的时候，她把手里的纸包放了一包在我的书桌上说：

“这一包是葡萄浆的面包，请你收藏着，明天好吃的。另外我还有一包香蕉买在这里，请你到我房里来一道吃罢！”

我替她拿住了纸包，她就开了门邀我进她的房里去。共住了这十几天，她好像已经信用我是一个忠厚的人的样子。我见她初见我的时候脸上流露出来的那一种疑惧的形容完全没有了。我进了她的房里，才知道天还未暗，因为她的房里有一扇朝南的窗，太阳反射的光线从这窗里投射进来，照见了小小的一间房，由二条板铺成的一张床，一张黑漆的半桌，一只板箱，和一只圆凳。床上虽则没有帐子，但堆着有二条洁净的青布被褥。半桌上有一只小洋铁箱摆在那里，大约是她的梳头器具，洋铁箱上已经有许多油污的点子了。她一边把堆在圆凳上的几件半旧的洋布棉袄、粗布裤等收在床上，一边就让我坐下。我看了她那殷勤待我的样子，心里倒不好意思起来，所以就对她说：“我们本来住在一处，何必这样的客气。”

“我并不客气，但是你每天当我回来的时候，总站起来让我，我却觉得对不起得很。”

这样的说着，她就把一包香蕉打开来让我吃。她自家也拿了一只，在床上坐下，一边吃一边问我说：

“你何以只住在家里，不出去找点事情做做？”

“我原是这样的想，但是找来找去总找不着事情。”

“你有朋友么？”

“朋友是有的，但是到了这样的时候，他们都不和我来往了。”

“你进过学堂么？”

“我在外国的学堂里曾经念过几年书。”

“你家在什么地方？何以不回家去？”

她问到了这里，我忽而感觉到我自己的现状了。因为自去年以来，我只是一日一日的萎靡下去，差不多把“我是什么人”“我现在所处的是怎么一种境遇”“我的心里还是悲还是喜”这些观念都忘掉了。经她这一问，我重新把半年来困苦的情形一层一层的想了出来。所以听她的问话以后，我只是呆呆地看她，半晌说不出话来。她看了我这个样子，以为我也是一个无家可归的流浪人，脸上就立时起了一种孤寂的表情，微微地叹着说：

“唉！你也是同我一样的么？”

微微的叹了一声之后，她就不说话了。我看她的眼圈上有些潮红起来，所以就想了一个另外的问题问她说：

“你在工厂里做的是什么工作？”

“是包纸烟的。”

“一天做几个钟头工？”

“早晨七点钟起，晚上六点钟止，中午休息一个钟头，每天一共要做十个钟头的工。少做一点钟就要扣钱的。”

“扣多少钱？”

“每月九块钱，所以是三块钱十天，三分大洋一个钟头。”

“饭钱多少？”

“四块钱一月。”

“这样算起来，每月一个钟点也不休息，除了饭钱，可省下五块钱来。够你付房钱买衣服的么？”

“哪里够呢！并且那管理人又……啊啊……我……我之所以非常恨工厂的。你吃烟的么？”

“吃的。”

“我劝你顶好还是不吃。就吃也不要去吃我们工厂的烟。我真恨死它在这里。”

我看看她那一种切齿怨恨的样子，就不愿意再说下去。把手里捏着的半个吃剩的香蕉咬了几口，向四边一看，觉得她的房里也有些灰黑了，我站起来道了谢，就走回到了我自己的房里。她大约做工倦了的缘故，每天回来大概是马上就入睡的，只有这一晚上，她在房里好像是直到半夜还没有就寝。从这一回之后，她每天回来，总和我说几句话。我从她自家的口里听得，知道她姓陈，名叫二妹，是苏州东乡人，从小系在上海乡下长大的。她父亲也是纸烟工厂的工人，但是去年秋天死了。她本来和她父亲同住在那间房里，每天同上工厂去的，现在却只剩了她一个人了。她父亲死后的一个多月，她早晨上工厂去也一路哭了去，晚上回来也一路哭了回来的。她今年十七岁，也无兄弟姐妹，也无近亲的亲戚。

她父亲死后的葬殓等事，是他于未死之前把十五块钱交给楼下的老人，托这老人包办的。她说：

“楼下的老人倒是一个好人，对我从来没有起过坏心，所以我得同父亲在日一样的去做工；不过工厂的一个姓李的管理人却坏得很，知道我父亲死了，就天天的想戏弄我。”

她自家和她父亲的身世，我差不多全知道了，但她母亲是如何的一个人，死了呢还是活在哪里，假使还活着，住在什么地方等等，她却从来还没有说及过。

三

天气好像变了。几日来我那独有的世界，黑暗的小房里的腐浊的空气，同蒸笼里的蒸气一样，蒸得人头昏欲晕。我每年在春夏之交要发的神经衰弱的重症，遇了这样的气候，就要使我变成半狂。所以我这几天来，到了晚上，等马路上人静之后，也常常走出去散步去。一个人在马路上从狭隘的深蓝天空里看看群星，慢慢地向前行走，一边做些漫无涯涘的空想，倒是于我的身体很有利益。当这样的无可奈何，春风沉醉的晚上，我每要在各处乱走，走到天将明的时候才回家里。我这样的走倦了回去就睡，一睡直可睡到第二天的日中，有几次竟要睡到二妹下工回来的前后方才起来。睡眠一足，我的健康状态也渐渐的恢复起来了。平时只能消化半磅面包的我的胃部，自从我的深夜游行的练习开始之后，进步得几乎能容纳面包一磅了。这事在经济上虽则是一大打击，但我的脑筋，受了这些滋养，似乎比从前稍能统一。我于游行回来之后，就睡之前，却做成了几篇Allan Poe式的短篇小说，自家看看，也不很坏。我改了几次，抄了几次，一一投邮寄出之后，心里虽然起了些微细的希望，但是想想前几回的译稿的绝无消息，过了几天，也便把它们忘了。

邻住者的二妹，这几天来，当她早晨出去上工的时候，我总在那里酣睡，只有午后下工回来的时候，有几次有见面的机会，但是不晓是什么原因，我觉得她对我的态度，又回到从前初见面的时候的疑惧状态去了。有时候她深深地看我一眼，她的黑晶晶、水汪汪的眼睛里，似乎是满含着责备我规劝我的意思。

我搬到这贫民窟里住后，约莫已经有二十多天的样子，一天午后我正点上蜡烛，在那里看一本从旧书铺里买来的小说的时候，二妹却急急忙忙地走上楼来对我说：

"楼下有一个送信的在那里，要你拿了印子去拿信。"她对我讲这话的时候，她的疑惧我的态度更表示得明显，她好像在那里说："呵呵，你的事件是发觉了啊！"我对她这种态度，心里非常痛恨，所以就气急了一点，回答她说：

"我有什么信？不是我的！"

她听了我这气愤愤的回答，更好像是得了胜利似的，脸上忽涌出了一种冷笑说：

"你自家去看罢！你的事情，只有你自家知道的！"

同时我听见楼低下门口果真有一个邮差似的人在催着说：

"挂号信！"

我把信取来一看，心里就突突的跳了几跳，原来我前回寄去的一篇德文短篇的译稿，已经在某杂志上发表了，信中寄来的是五元钱的一张汇票。我囊里正是将空的时候，有了这五元钱，非但月底要预付的来月的房金可以无忧，并且付过房金以后，还可以维持几天食料。当时这五元钱对我的效用的广大，是谁也不能推想得出来的。

第二天午后，我上邮局去取了钱，在太阳晒着的大街上走了一会，忽而觉得身上就淋出了许多汗来。我向我前后左右的行人一看，复向我自家的身上一看，就不知不觉的把头低俯了下去。我颈上头上的汗珠，更同盛雨似的，一颗一颗地钻出来了。因为当我在深夜游行的时候，天上并没有太阳，并且料峭的春寒，于东方微白的残夜，老在静寂的街巷中留着，所以我穿的那件破棉袍子，还觉得不十分与季节违异。如今到了阳和的春日晒着的这日中，我还不能自觉，依旧穿了这件夜游的敝袍，在大街上阔步，与前后左右的和季节同时进行的我的同类一比，我哪得不自惭形秽呢？我一时竟忘了几日后不得不付的房金，忘了囊中本来将尽的些微的积聚，便慢慢地走上了闸路的估衣铺去。好久不在天日之下行走的我，看看街上来往的汽车、人力车，车中坐着的华美的少年男女，和马路两边的绸缎铺、金银铺窗里的丰丽的陈设，听听四面的同蜂衙似的嘈杂的人声、脚步声、车铃声，一时倒也觉得是身到了大罗天上的样子。我忘记了我自家的存在，也想和我的同胞一样的欢歌欣舞起来，我的嘴里便不知不觉地唱起几句久忘了的京调来了。这一时的涅槃幻境，当我想横越过马路，转入闸路去的时候，忽而被一阵铃声惊破了。我抬起头来一看，我的面前正冲来了一乘无轨电车，车头上站着的那肥胖的机器手，伏出了半身，怒目的大声骂我说：

“猪头三！侬（你）艾（眼）睛勿散（生）咯！跌杀时，叫旺（黄）够（狗）抵侬（你）命噢！”

我呆呆地站住了脚，目送那无轨电车尾后卷起了一道灰尘，向北过去之后，不知是从何处发出来的感情，忽而竟禁不住哈哈哈哈地笑了几声。等得四面的人注视我的时候，我才红了脸慢慢地走向了闸路里去。

我在几家估衣铺里，问了些夹衫的价钱，还了他们一个我所能出的数目，几个估衣铺的店员，好像是一个师父教出的样子，都摆下了脸面，嘲弄着说：

“侬（你）寻萨咯（什么）凯（开）心！马（买）勿起好勿要马（买）咯！”

一直问到五马路边上的一家小铺子里，我看看夹衫是怎么也买不成了，才买定了一件竹布单衫，马上就把它换上。手里拿了一包换下的棉袍子，默默地走回家来。一边我心里却在打算：

“横竖是不够用了，我索性来痛快的用它一下罢。”同时我又想起了那天二妹送我的面包香蕉等物。不等第二次的回想，我就寻着了一家卖糖食的店，进去买了一块钱巧克力、香蕉糖、鸡蛋糕等杂食。站在那店里，等店员在那里替我包好来的时候，我忽而想起我有一月多不洗澡了，今天不如顺便也去洗一个澡罢。

洗好了澡，拿了一包棉袍子和一包糖食，回到邓脱路的时候，马路两旁的店家，已经上电灯了。街上来往的行人也很稀少，一阵从黄浦江上吹来的日暮的凉风，吹得我打了几个冷噤。我回到了我的房里，把蜡烛点上，向二妹的房门一照，知道她还没有回来。那时候我腹中虽则饥饿得很，但我刚买来的那包糖食怎么也不愿意打开来，因为我想等二妹回来同她一道吃。我一边拿出书来看，一边口里尽在咽唾液下去。等了许多时候，二妹终不回来，我的疲倦不知什么时候出来战胜了我，就靠在书堆上睡着了。

四

二妹回来的响动把我惊醒的时候，我见我面前的一支十二盎司一包的洋蜡烛已经点去了二寸的样子，我问她是什么时候了，她说：

“十点的汽管刚刚放过。”

“你何以今天回来得这样迟？”

“厂里因为销路大了，要我们做夜工。工钱是增加的，不过人太累了。”

“那你可以不去做的。”

“但是工人不够，不做是不行的。”

她讲到这里，忽而滚了两粒眼泪出来，我以为她是做工做得倦了，故而动了伤感，一边心里虽在可怜她，但一边看了她这同小孩似的脾气，却也感着了些儿快乐。把糖食包打开，请她吃了几颗之后，我就劝她说：

“初做夜工的时候不惯，所以觉得困倦，做惯了以后，也没有什么的。”

她默默地坐在我的半高的由书叠成的桌上，吃了几颗巧克力，对我看了几眼，好像是有话说不出来的样子。我就催她说：

“你有什么话说？”

她又沉默了一会，便断断续续地问我说：

“我……我……早想问你了，这几天晚上，你每晚在外边，可在与坏人做伙友么？”

我听了她这话，倒吃了一惊，她好像在疑我天天晚上在外面与小窃恶棍混在一块。她看我呆了不答，便以为我的行为真的被她看破了，所以就柔柔和和的连续着说：

“你何苦要吃这样好的东西，要穿这样好的衣服？你可知道这事情是靠不住的。万一被人家捉了去，你还有什么面目做人。过去的事情不必去说它，以后我请你改过了罢……”

我尽是张大了眼睛，张大了嘴，呆呆的在看她，因为她的思想太奇怪了，使我无从辩解起。她沉默了数秒钟，又接着说：

“就以你吸的烟而论，每天若戒绝了不吸，岂不可省几个铜子。我早就劝你不要吸烟，尤其是不要吸那我所痛恨的N工厂的烟，你总是不听。”

她讲到了这里，又忽而落了几滴眼泪。我知道这是她为怨恨N工厂而滴的眼泪，但我的心里，怎么也不许我这样的想，我总要把它们当作因规劝我而洒的。我静静儿的想了一会，等她的神经镇静下去之后，就把昨天的那封挂号信的来由说给她听，又把今天的取钱买物的事情说了一遍。最后更将我的神经衰弱症和每晚何以必要出去散步的原因说了。她听了我这一番辩解，就信用了我，等我说完之后，她颊上忽而起了两点红晕，把眼睛低下去看看桌上，好像是怕羞似的说：

“噢，我错怪你了，我错怪你了。请你不要多心，我本来是没有歹意的。因为你的行为太奇怪了，所以我想到了邪路里去。你若能好好儿的用功，岂不是很好么？你刚才说的那——叫什么的——东西，能够卖五块钱，要是每天能做一个，多么好呢？”

我看了她这种单纯的态度，心里忽而起了一种不可思议的感情，我想把两只手伸出去拥抱她一回，但是我的理性却命令我说：

“你莫再作孽了！你可知道你现在处的是什么境遇！你想把这纯洁的处女毒杀了么？恶魔，恶魔，你现在是没有爱人的资格的呀！”

我当那种感情起来的时候，曾把眼睛闭上了几秒钟，等听了理性的命令以后，才把眼睛开了开来，我觉得我的周围，忽而比前几秒钟更光明了。对她微微的笑了一笑，我就催她说：

“夜也深了，你该去睡了罢！明天你还要上工去的呢！我从今天起，就答应你把纸烟戒下来罢。”

她听了我这话，就站了起来，很喜欢的回到她的房里去睡了。

她去之后，我又换上一支洋蜡烛，静静儿的想了许多事情：

“我的劳动的结果，第一次得来的这五块钱已经用去了三块了。连我原有的一块多钱合起来，付房钱之后，只能省下二三角小洋来，如何是好呢！

“就把这破棉袍子去当罢！但是当铺里恐怕不要。

“这女孩子真是可怜，但我现在的境遇，可是还赶她不上，她是不想做工而工作要强迫她做，我是想找一点工作，终于找不到。

“就去做筋肉的劳动罢！啊啊，但是我这一双弱腕，怕吃不下一部黄包车的重力。

“自杀！我有勇气，早就干了。现在还能想到这两个字，足证我的志气还没有完全消磨尽哩！

“哈哈哈哈！今天的那无轨电车的机器手！他骂我什么来？黄狗，黄狗倒是一个好名词……”

我想了许多零乱断续的思想，终究没有一个好法子，可以救我出目下的穷状来。听见工厂的汽笛，好像在报十二点钟了，我就站了起来，换上了白天脱下的那件破棉袍子，仍复吹熄了蜡烛，走出外面去散步。

贫民窟里的人已经睡眠静了。对面日新里的一排临邓脱路的洋楼里，还有几家点着了红绿的电灯，在那里弹罢拉拉衣加。一声二声清脆的歌音，带着哀调，从静寂的深夜的冷空气里传到我的耳膜上来，这大约是俄国的飘泊的少女，在那里卖钱的歌唱。天上罩满了灰白的薄云，同腐烂的尸体似的沉沉地盖在那里。云层破处也能看得出一点两点星来，但星的近处，黝黝看得出来的天色，好像有无限的哀愁蕴藏着的样子。

桨声灯影里的秦淮河

朱自清

>>>

一九二三年八月的一晚，我和平伯同游秦淮河，平伯是初泛，我是重来了。我们雇了一只“七板子”，在夕阳已去，皎月方来的时候，便下了船。于是桨声汩——汩，我们开始领略那晃荡着蔷薇色的历史的秦淮河的滋味了。

秦淮河里的船，比北京万生园、颐和园的船好，比西湖的船好，比扬州瘦西湖的船也好。这几处的船不是觉着笨，就是觉着简陋、局促；都不能引起乘客们的情韵，如秦淮河的船一样。秦淮河的船约略可分为两种：一是大船，一是小船，就是所谓“七板子”。大船舱口阔大，可容二三十人。里面陈设着字画和光洁的红木家具，桌上一律嵌着冰凉的大理石面。窗格雕镂颇细，使人起柔腻之感。窗格里映着红色蓝色的玻璃；玻璃上有精致的花纹，也颇悦人目。“七板子”规模虽不及大船，但那淡蓝色的栏杆，空敞的舱，也足系人情思。而最出色处却在它的舱前。舱前是甲板上的一部，上面有弧形的顶，西边用疏疏的栏杆支着。里面通常放着两张藤的躺椅。躺下，可以谈天，可以望远，可以顾盼两岸的河房。大船上也有这个，但在小船上更觉清隽罢了。舱前的顶下，一律悬着灯彩；灯的多少、明暗，彩苏的精粗、艳晦，是不一的，但好歹总还你一个灯彩。这灯彩实在是最能勾人的东西。夜幕垂垂地下来时，大小船上都点起灯火。从两重玻璃里映出那辐射着的黄黄的散光，反晕出一片朦胧的烟霭；透过这烟霭，在黯黯的水波里，又逗起缕缕的明漪。在这薄霭和微漪里，听着那悠然的间歇的桨声，谁能不被引入他的美梦去呢？只愁梦太多了，这些大小船儿如何载得起呀？我们这时模模糊糊地谈着明末的秦淮河的艳迹，如《桃花扇》及《板桥杂记》里所载的。我们真神往了。我们仿佛亲见那时华灯映水，画舫凌波的光景了。于是我们的船便成了历史的重载了。我们终于恍然秦淮河的船所以雅丽过于他处，而又有奇异的吸引力的，实在是许多历史的影像使然了。

秦淮河的水是碧阴阴的，看起来厚而不腻，或者是六朝金粉所凝么？我们初上船的时候，天色还未断黑，那漾漾的柔波是这样恬静、委婉，使我们一面有水阔天空之想，一面又憧憬着纸醉金迷之境了。等到灯火明时，阴阴的变为沉沉了：黯淡的水光，像梦一般；那偶然闪烁着的光芒，就是梦的眼睛了。我们坐在舱前，因了那隆起的顶棚，仿佛总是昂着首向前走着似的；于是飘飘然如御风而行的我们，看着那些自在的湾泊着的船，船里走马灯般的人物，便像是下界一般，迢迢的远了，又像在雾里看花，尽朦朦胧胧的。这时我们已过了利涉桥，望见东关头了。沿路听见断续的歌声：有从沿河的妓楼飘来的，有从河上船里度来的。我们明知那些歌声，只是些因袭的言词，从生涩的歌喉里机械的发出来的；但它们经了夏夜的微风的吹漾和水波的摇拂，袅娜着到我们耳边的时候，已经不单是她们的歌声，而混着微风和河水的密语了。于是我们不得不被牵惹着，震撼着，相与浮沉于这歌声里了。从东关头转湾，不久就到大中桥。大中桥共有三个桥拱，都很阔大，俨然是三座门儿；使我们觉得我们的船和船里的我们，在桥下过去时，真是太无颜色了。桥砖是深褐色，表明它的历史的长久；但都完好无缺，令人太息于古昔工程的坚美。桥上两旁都是木壁的房子，中间应该有街路。这些房子都破旧了，多年烟熏的迹，遮没了当年的美丽。我想象秦淮河的极盛时，在这样宏阔的桥上，特地盖了房子，必然是髹漆得富富丽丽的；晚间必然是灯火通明的，现在却只剩下一片黑沉沉！但是桥上造着房子，毕竟使我们多少可以想见往日的繁华。这也慰情聊胜无了。过了大中桥，便到了灯月交辉，笙歌彻夜的秦淮河，这才是秦淮河的真面目哩。

大中桥外，顿然空阔，和桥内两岸排着密密的人家的景象大异了。一眼望去，疏疏的林，淡淡的月，衬着蔚蓝的天，颇像荒江野渡光景；那边呢，郁丛丛的，阴森森的，又似乎藏着无边的黑暗：令人几乎不信那是繁华的秦淮河了。但是河中眩晕着的灯光，纵横着的画舫，悠扬着的笛韵，夹着那吱吱的胡琴声，终于使我们认识绿如茵陈酒的秦淮水了。此地天裸露着的多些，故觉夜来的独迟些；从清清的水影里，我们感到的只是薄薄的夜——这正是秦淮河的夜。大中桥外，本来还有一座复成桥，是船夫口中的我们的游踪尽处，或也是秦淮河繁华的尽处了。我的脚曾踏过复成桥的脊，在十三四岁的时候。但是两次游秦淮河，却都不曾见着复成桥的面；明知总在前途的，却常觉得有些虚无缥缈似的。我想，不见倒也好。这时正是盛夏。我们下船后，藉着新生的晚凉和河上的微风，暑气已渐渐消散；到了此地，豁然开朗，身子顿然轻了——习习的清风荏苒在面上、手上、衣上，这便又感到了一缕新凉了。南京的日光，大概没有杭州猛烈；西湖的夏夜老是热蓬蓬的，水像沸着一般，秦淮河的水却尽是这样冷冷的绿着。任你人影的憧憧，歌声的扰扰，总像隔着一层薄薄的绿纱面幂似的；它尽是这样静静的、冷冷的绿着。我们出了大中桥，走不上半里路，船夫便将船划到一旁，停了桨由它宕着。他以为那里正是繁华的极点，再过去就是荒凉了；所以让我们多多赏鉴一会儿。他自己却静静的蹲着。他是看惯这光景的了，大约只是一个无可无不可。这无可无不可，无论是升的沉的，总之，都比我们高了。

那时河里热闹极了，船大半泊着，小半在水上穿梭似的来往。停泊着的都在近市的那一边，我们的船自然也夹在其中。因为这边略略的挤，便觉得那边十分的疏了。在每一只船从那边过去时，我们能画出它的轻轻的影和曲曲的波，在我们的心上；这显着是空，且显着是静了。那时处处都是歌声和凄厉的胡琴声，圆润的喉咙，确乎是很少的。但那生涩的，尖脆的调子能使人有少年的、粗率不拘的感觉。也正可快我们的意。况且多少隔开些儿听着。因为想象与渴慕的做美，总觉更有滋味；而竞发的喧嚣，抑扬的不齐，远近的杂沓，和乐器的嘈嘈切切，合成另一意味的谐音，也使我们无所适从，如随着大风而走。这实在因为我们的心枯涩久了，变为脆弱；故偶然润泽一下，便疯狂似的不能自主了。但秦淮河确也腻人。即如船里的人面，无论是和我们一堆儿泊着的，无论是从我们眼前过去的，总是模模糊糊的，甚至渺渺茫茫的；任你张圆了眼睛，揩净了眦垢，也是枉然。这真够人想呢。在我们停泊的地方，灯光原是纷然的；不过这些灯光都是黄而有晕的。黄已经不能明了，再加上了晕，便更不成了。灯愈多，晕就愈甚；在繁星般的黄的交错里，秦淮河仿佛笼上了一团光雾。光芒与雾气腾腾的晕着，什么都只剩了轮廓了；所以人面的详细的曲线，便消失于我们的眼底了。但灯光究竟夺不了那边的月色；灯光是浑的，月色是清的。在浑沌的灯光里，渗入一派清辉，却真是奇迹！那晚月儿已瘦削了两三分，她晚妆才罢，盈盈的上了柳梢头。天是蓝得可爱，仿佛一汪水似的；月儿便更出落得精神了。岸上原有三株两株的垂杨树，淡淡的影子，在水里摇曳着。它们那柔细的枝条浴着月光，就像一只只美人的臂膊，交互的缠着，挽着；又像是月儿披着的发。而月儿偶尔也从它们的交叉处偷偷窥看我们，大有小姑娘怕羞的样子。岸上另有几株不知名的老树，光光的立着；在月光里照起来，却又俨然是精神矍铄的老人。远处——快到天际线了，才有一两片白云，亮得现出异彩，像是美丽的贝壳一般。白云下便是黑黑的一带轮廓，是一条随意画的不规则的曲线。这一段光景，和河中的风味大异了。但灯与月竟能并存着，交融着，使月成了缠绵的月，灯射着渺渺的灵辉，这正是天之所以厚秦淮河，也正是天之所以厚我们了。

这时却遇着了难解的纠纷。秦淮河上原有一种歌妓，是以歌为业的。从前都在茶舫上，唱些大曲之类。每日午后一时起；什么时候止，却忘记了。晚上照样也有一回，也在黄晕的灯光里。我从前过南京时，曾随着朋友去听过两次。因为茶舫里的人脸太多了，觉得不大适意，终于听不出所以然。前年听说歌妓被取缔了，不知怎的，颇涉想了几次——却想不出什么。这次到南京，先到茶舫上去看看。觉得颇是寂寥，令我无端的怅怅了。不料她们却仍在秦淮河里挣扎着，不料她们竟会纠缠到我们，我于是很张皇了，她们也乘着“七板子”，她们总是坐在舱前的。舱前点着石油汽灯光亮，眩人眼目：坐在下面的，自然是纤毫毕见了——引诱客人们的力量，也便在此了。舱里躲着乐工等人，映着汽灯的余辉蠕动着；他们是永远不被注意的。每船的歌妓大约都是二人；天色一黑，她们的船就在大中桥外往来不息的兜生意。无论行着的船，泊着的船，都要来兜揽的。这都是我后来推想出来的。那晚不知怎样，忽然轮着我们的船了。我们的船好好的停着，一只歌舫划向我们来了；渐渐和我们的船并着了。烁烁的灯光逼得我们皱起了眉头；我们的风尘色全给它托出来了，这使我不安了，那时一个伙计跨过船来，拿着摊开的歌折，就近塞向我的手里，说："点几出吧！"他跨过来的时候，我们船上似乎有许多眼光跟着。同时相近的别的船上也似乎有许多眼睛炯炯的向我们船上看着。我真窘了！我也装出大方的样子，向歌妓们瞥了一眼，但究竟是不成的！我勉强将那歌折翻了一翻，却不曾看清了几字；便赶紧递还那伙计，一面不好意思地说："不要，我们……不要。"他便塞给平伯，平伯掉转头去，摇手说："不要！"那人还腻着不走。平伯又回过脸来，摇着头道："不要！"于是那人重到我处，我窘着再拒绝了他。他这才有所不屑似的走了。我的心立刻放下，如释了重负一般。我们就开始自白了。

我说我受了道德律的压迫，拒绝了她们；心里似乎很抱歉的。这所谓抱歉，一面对于她们，一面对于我自己。她们于我们虽然没有很奢的希望；但总有些希望的。我们拒绝了她们，无论理由如何充足，却使她们的希望受了伤；这总有几分不做美了。这是我觉得很怅怅的。至于我自己，更有一种不足之感。我这时被四面的歌声诱惑了，降伏了；但是远远的，远远的歌声总仿佛隔着重衣搔痒似的，越搔越搔不着痒处。我于是憧憬着贴耳的妙音了。在歌舫划来时，我的憧憬，变为盼望；我固执的盼望着，有如饥渴。虽然从浅薄的经验里，也能够推知，那贴耳的歌声，将剥去了一切的美妙；但一个平常的人像我的，谁愿凭了理性之力去丑化未来呢？我宁愿自己骗着了。不过我的社会感性是很敏锐的；我的思力能拆穿道德律的西洋镜，而我的感情却终于被它压服着。我于是有所顾忌了，尤其是在众目昭彰的时候。道德律的力，本来是民众赋予的；在民众的面前，自然更显出它的威严了。我这时一面盼望，一面却感到了两重的禁制：一，在通俗的意义上，接近妓者总算一种不正当的行为；二，妓是一种不健全的职业，我们对于她们，应有哀矜勿喜之心，不应赏玩的去听她们的歌。在众目睽睽之下，这两种思想在我心里最为旺盛。她们暂时压倒了我的听歌的盼望，这便成就了我的灰色的拒绝。那时的心实在异常状态中，觉得颇是昏乱。歌舫去了，暂时宁静之后，我的思绪又如潮涌了。两个相反的意思在我心头往复：卖歌和卖淫不同，听歌和狎妓不同，又干道德甚事？——但是，但是，她们既被逼的以歌为业，她们的歌必无艺术味的；况她们的身世，我们究竟该同情的。所以拒绝倒也是正办。但这些意思终于不曾撇开我的听歌的盼望。它力量异常坚强；它总想将别的思绪踏在脚下。从这重重的争斗里，我感到了浓厚的不足之感。这不足之感使我的心盘旋不安，起坐都不安宁了。唉！我承认我是一个自私的人！

平伯呢，却与我不同。他引周启明先生的诗，“因为我有妻子，所以我爱一切的女人；因为我有子女，所以我爱一切的孩子。”他的意思可以见了。他因为推及的同情，爱着那些歌妓，并且尊重着她们，所以拒绝了她们。在这种情形下，他自然以为听是对于她们的一种侮辱。但他也是想听歌的，虽然不和我一样。所以在他的心中，当然也有一番小小的争斗；争斗的结果，是同情胜了。至于道德律，在他是没有什么的；因为他很有蔑视一切的倾向，民众的力量在他是不大觉着的。这时他的心意的活动比较简单，又比较松弱，故事后还怡然自若；我却不能了。这里平伯又比我高了。

在我们谈话中间，又来了两只歌舫。伙计照前一样的请我们点戏，我们照前一样的拒绝了。我受了三次窘，心里的不安更甚了。清艳的夜景也为之减色。船夫大约因为要赶第二趟生意，催着我们回去；我们无可无不可的答应了。我们渐渐和那些晕黄的灯光远了，只有些月色冷清清的随着我们的归舟。我们的船竟没个伴儿，秦淮河的夜正长哩！到大中桥近处，才遇着一只来船。这是一只载妓的板船，黑漆漆的没有一点光。船头上坐着一个妓女；暗里看出，白底小花的衫子，黑的下衣。她手里拉着胡琴，口里唱着青衫的调子。她唱得响亮而圆转；当她的船箭一般驶过去时，余音还袅袅的在我们耳际，使我们倾听而向往。想不到在弩末的游踪里，还能领略到这样的清歌！这时船过大中桥了，森森的水影，如黑暗张着巨口，要将我们的船吞了下去。我们回顾那渺渺的黄光，不胜依恋之情；我们感到了寂寞了！这一段地方夜色甚浓，又有两头的灯火招邀着；桥外的灯火不用说了，过了桥另有东关头疏疏的灯火。我们忽然仰头看见依人的素月，不觉深悔归来之早了！走过东关头，有一两只大船湾泊着，又有几只船向我们来着。嚣嚣的一阵歌声人语，仿佛笑我们无伴的孤舟哩。东关头转湾，河上的夜色更浓了；临水的妓楼上，时时从帘缝里射出一线一线的灯光；仿佛黑暗从酣睡里眨了一眨眼。我们默然的对着，静听那汩——

汩的桨声，几乎要入睡了；朦胧里却温寻着适才的繁华的余味。我那不安的心在静里愈显活跃了！这时我们都有了不足之感，而我的更其浓厚。我们却又不愿回去，于是只能由懊悔而怅惘了。船里便满载着怅惘了。直到利涉桥下，微微嘈杂的人声，才使我豁然一惊；那光景却又不同。右岸的河房里，都大开了窗户，里面亮着晃晃的电灯，电灯的光射到水上，蜿蜒曲折，闪闪不息，正如跳舞着的仙女的臂膊。我们的船已在她的臂膊里了，如睡在摇篮里一样，倦了的我们便又入梦了。那电灯下的人物，只觉得像蚂蚁一般，更不去萦念。这是最后的梦，可惜是最短的梦！黑暗重复落在我们面前，我们看见傍岸的空船上一星两星的，枯燥无力又摇摇不定的灯光。我们的梦醒了，我们知道就要上岸了；我们心里充满了幻灭的情思。